인생을 살며 사랑하며 배우며……

인생을 살며
사랑하며
배우며……

초판 1쇄 인쇄_ 2020년 09월 21일 | **초판 1쇄 발행_** 2020년 09월 25일
지은이_문기주 | **펴낸이_**오광수 외 1인 | **펴낸곳_**새론북스
디자인·편집_윤영화
주소_서울시 용산구 한강대로 76길 11-12 5층 501호
전화_02)3275-1339 | **팩스_**02)3275-1340 | **출판등록_**제2016-000037호
E-mail_ jinsungok@empal.com
ISBN_978-89-93536-62-1 03810
※ 책 값은 뒤표지에 있습니다.
※ 꿈과희망은 도서출판 새론북스의 계열사입니다.

인생을 살며
사랑하며
배우며……

문기주 지음

새론북스

홋날에 홋날에 나는 어디선가
한숨을 쉬며 이야기할 것입니다.
숲속에 두 갈래 길이 있었고, 나는
사람들이 적게 간 길을 택하였다고,
그리고 그것 때문에 모든 것이 달라졌다고.

로버트 프로스트의 '가지 않은 길' 중 일부다. 교과서에 실린 이 시는 학창시절보다 사회에 나와 살다 보면 수많은 선택의 순간들을 만나게 될 때 문득 떠오르는 시이다.

지금 내가 선택한 이 길은 제대로 선택한 것일까. 내가 꿈꾸던 바로 그 길일까. 그 길 끝에는 내가 원했던 바로 그 모습일까. 혹시 가지 않

은 그 길을 선택해야 했던 것은 아닐까. 등등 우리는 삶의 길 위에서 많은 생각을 하게 된다.

　우리가 선택한 삶의 길은 어떤 모습도 하고 있지 않다. 내가 선택한 삶의 길은 오직 하나이기 때문이다. 내가 선택한 삶의 도화지 위에 내가 원하는 밑그림을 그리고 나만의 색깔로 색칠하고 때로는 잘못 그려 지우기도 하고 덧칠하기도 하면서 이 세상에 오직 하나뿐인 나만의 인생 그림으로 완성하는 것이다.

　중요한 것은 내가 어떤 그림을 그리려고 하느냐 하는 것이다.

　우리는 우리가 그리기 시작한 삶의 길 어디쯤에 와 있을 것이다. 나름 완벽하게 준비하고 폼 나게 출발하였지만 기쁨과 즐거움은 잠시뿐 힘들 때가 더 많고, 도중에 포기하고 싶은 때도 있다. 그런데 가야 할 길은 아직 끝이 보이지 않는다.

　그래! 이때 우리는 가지 않은 길에 대한 그리움을 느끼고 미련이 남

으면서 다시 새로운 길을 떠나야 하는지에 대한 고민에 빠진다. 지금까지 걸어온 길에 대한 아쉬움도 있을 것이고, 새로운 길에 대한 불확실성 때문에 우리는 길 어디에선가 멈춰 서서 이도 저도 못하고 고민에 빠질 것이다.

　이렇게 인생을 살면서 직진하기도 하고 멈춰 서기도 하고 돌아가기도 하고 때로는 방향을 완전히 틀어서 새로운 길로 가기도 할 것이다.

　이 모든 것이 우리가 살아가는 삶 속에서 이루어지고 있다.

　우리는 다양한 삶의 길을 나의 길로 만들면서 가고 있는 것이다. 그 길 위에서 많은 사람들을 만나고 그들과 벗하고 사랑하고 때로는 그들에게 배우면서 나의 인생 그림을 완성시켜나갈 것이다.

　우리가 삶의 길을 살아가며 사랑하고 배우는 사람들과 함께하는 마음, 나의 인생 그림을 만들어가는 데 함께할 수 있기를 바라는 마음으로 작업하였다. 이 책을 통해 삶의 길이 풍성해지기를 바란다.

차
례

PART 2 관계의 힘

PART 3 생활과 건강의 힘

PART 4   말의 힘

PART 1

일과 성공의 힘 ———

누구나 추구하고 간절히 원하는 것을 꼽는다면 자신의 일을 통해 성공을 거두는 것이다.

'나는 지금 성공의 어디쯤 와 있을까?'

꼭 성공을 거둔 오늘이 아닐지라도 내가 하는 일에서 보람을 얻고 오늘을 후회없이 살았다는 뿌듯함 정도는 가져야 할 것이다.

당신의 'Best time'을 찾아라

　'사람의 두뇌 활동이 가장 활발해지는 때는 오전 10시와 오후 3시다'라는 말이 있다. 과연 이것을 믿어야 할까? 반드시 맞는 논리라고 볼 수는 없다. 사람에 따라 활동시간이나 영역이 제각각이기 때문이다.

　새벽 4시에 일어나서 컴퓨터를 켜고 원고작업을 하는 A에게는 새벽부터 아침 8시까지가 최고의 시간이다. 어린 자녀들로부터 독립되는 이 시간이야말로 집중력이 가장 높은 시간대다. 디자인을 하는 D는 저녁 6시부터 10시 사이가 가장 집중력이 높아 일에 대한 효과 또한 좋다. 낮 시간에는 직원들과 함께 일하거나 거래처 담당자와 미팅 또는 전화통화를 하게 되므로 일에 대한 집중력이 약해진다. 누구에게도 방해받지 않는 저녁시간이 그의 눈과 머리를 빛나게 만들 수 있는 시간인 것이다.

사람마다 시간대가 다르긴 하지만 하루 중 두뇌 활동이 활발한 시간대와 그렇지 못한 시간대가 있는 것만은 틀림없는 사실이다. 중요한 것은 자신에게 최고의 시간인 '베스트 타임(Best time)'이 언제인가를 확실하게 알아둘 필요가 있다.

정신적으로 복잡하거나 체력적으로 침체기에 해당하는 시간대에는 그다지 중요하지 않은 일, 즉 서류 정리라든가 전화 거는 일 등을 하면 좋다. 그리고 자신의 '최고의 시간'에는 가장 중요한 일을 하는 것이 이상적이다.

물리학에 '관성의 법칙'이라는 것이 있다. 정지해 있는 물체는 다른 힘이 작용하지 않는 한 계속해서 정지해 있으며, 움직이고 있는 물체도 다른 힘이 작용하지 않는 한 계속해서 지금의 운동을 유지한다는 원리다. 우리의 일이나 공부에도 이 법칙을 적용시킬 수 있다. 하루 한두 시간만이라도 누군가, 아니 어떤 것으로부터도 방해받지 않고 완전하게 자신만의 시간을 갖고 일을 한다면 그 결과는 매우 좋게 나타날 것이다.

사람이 존경을 받으려면 존경받을 만한 사람과 함께 지내야 한다.

– 릴케 외

경직된 사고를
버려라

다름, 다양성, 이것을 인정하지 않는다.

내가 아는 것, 내가 경험한 것, 내가 본 것만이 옳다는 생각에 사로잡혀 있다.

바로 경직된 사고에 갇혀 있는 사람들이다.

그들은 자신이 보고 싶고, 알고 싶은 것, 듣고 싶은 것, 자신이 인정하는 사람만 인정하는 그런 습성을 지녔다.

이기적이고 폐쇄적이다.

경직된 사고를 버리지 못하면 다양한 문제를 일으키기도 하고, 또 삶 자체가 유쾌하고 행복하지 않다. 가장 중요한 사람들과의 소통이 안 된다. 대화의 즐거움, 관계의 즐거움, 참여의 즐거움, 이런 것들과

멀어지게 된다.

　스스로에게 갇힌 그들은 가장 먼저 소
통의 한계를 불러오는 것이다.

　가족은 물론이고 주변 사람들과 대화
가 원활하게 이뤄지지 않으니 인간관계
에서도 한계가 있다. 이게 심하면 외부

활동의 한계로 이어진다. 설령 외부 활동을 하더라도 외톨이가 되기 십상이다.

경직된 사고에 갇힌 사람이라면 자기중심적 사고와 절대주의(고정관념)를 버려라. 그리고 시대 흐름, 세상의 변화, 대중의 문화에 가까이 다가서고 참여해라. 이런 것들을 내가 직접 보고 느낄 때, 스스로 그 변화를 자연스럽게 받아들이게 될 때, 당신의 사고는 다양성, 유연성을 발휘할 수 있을 것이다.

일의 우선 순위를
정해라

―――――――――

"정말 짜증나 죽겠어. 차라리 이놈의 직장 때려 치든지 해야지."

"김 이사는 웃기는 인간이야. 아랫 사람에게는 이 일 저 일 다 떠넘겨놓고서 저는 하는 일 없이 컴퓨터로 고스톱이나 치는 주제에 잔소리는……."

"왜 이렇게 할 일이 많아. 내가 일벌레도 아니고 무얼 위해 일하는지 모르겠네."

누구나 한번쯤은 겪었을 일이다.

갑자기 할 일이 많아진데다 무언가 꼬인 듯한 상황이어서 명쾌한 해결 방법을 찾기가 어렵다. 이쯤 되면 머리가 아프기 마련이다. 성격

급한 사람일수록 이같은 상황은 더욱 참기 어렵다.

　직장인이든 자영업자든 일을 하다 보면 이처럼 할 일이 너무 많아 무엇을 먼저 해야 할지 어떻게 문제를 처리해야 할지 머리가 아파올 때가 있다. 짜증을 낸다고 해서 해결될 일도 아니고 스트레스를 받으며 고민을 할 일도 아니다. 갈등과 짜증 그리고 불만을 오랫동안 갖게 되면 일이 지겨워지고 직장이 싫어진다. 결과적으로는 자신만 손해다.

　사람에게는 일을 혼자서 처리할 수 있는 한계 능력이 있다. 의욕만 넘친다고 해서 일을 많이 할 수 있는 것도 아니고 공부를 잘했다고 해서 직장에서의 일도 남보다 월등하게 잘 처리하는 것은 아니다.

　정해진 시간 내에 처리해야 할 일이 많다면 이제부터는 중요한 것부터 우선순위를 정하여 순서대로 진행하라. 한 가지 일을 끝낸

후 다음 일을 시작하라. 그러면 일로 인한 스트레스가 줄어들 것이며, 한 가지 일을 하더라도 완성도가 높아진다. 한 가지 일을 끝낼 때마다 얻게 되는 성취감과 만족감은 다음 일마저도 즐거운 마음으로 완성도 높게 처리할 수 있게 하는 원동력이 된다.

긍정 플러스
사고를 해라

———————————

　노벨물리학상을 수상한 유명한 물리학자 '에사키 레오나'는 언론과의 대담에서 일본인과 미국인의 사고방식 차이에 대해서 이렇게 말한 적이 있다.

　"미국인은 목표의 80퍼센트를 달성하면 "Very Good!"이라고 평가하고, 60퍼센트 정도면 "Good!", 20~30퍼센트 정도라도 "OK!"라고 말한다. 일본인은 미국인들과는 다르다. 그들은 "Very Good!"이나 "Good!"이라는 것에 인색하다. 80퍼센트 정도 일을 잘 처리했다 하더라도 "OK!"라고 평가하며, 60퍼센트 정도인 경우에는 "반성의 여지가 있다."고 말한다. 특히 목표를 100퍼센트 달성하지 못하면 절대로 성공했다고 평가하지 않는다."

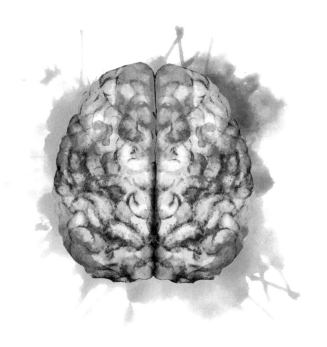

　맞는 말이다. 일본인에게는 강박관념과도 같은 '완벽주의'가 있다고 한다. 다른 말로 하면 잘못한 부분을 엄격한 시선으로 바라본다는 것이다. 어쩌면 일본인들의 이런 엄격함이 20세기 일본 경제를 구축해왔다는 것은 인정해 주고도 남을 일이다. 하지만 어떤 상황에서도 절대 실패한 부분으로 시선을 돌리지 않는 미국식 사고, 즉 플러스 사고가 매우 중요하다는 것에 주목할 필요가 있다.

　미국식 사고방식은 긍정이다. 어떤 일의 잘된 부분, 좋은 부분으로 시선을 돌린다는 것은 '지난 일에 연연해하지 않는다'는 의미이기도 하다. 무슨 일이든 잘못된 면, 부정적인 면에 사로잡혀 고민만 하고 있으면 끝내 적극성은 가질 수 없다. 물론 그렇다고 해서 부정적인 면을 보지 말라는 것은 아니다. 실패는 실패로 받아들이고 냉정하게 대응할 필요가 있다. 다만 언제까지나 그 일에만 사로잡혀 있어서는 안 된다는 것이다. 심리적으로 백해무익하기 때문이다.

일을 추진함에 있어서 전체적으로 볼 때 설령 실패한 일이라 할지라도 그 속에 포함되어 있는 긍정적인 면으로 시선을 돌리는 습관을 갖는 것은 매우 중요하다. 이를테면 '50퍼센트는 실패했지만 나머지 50퍼센트는 성공했다'고 플러스 사고를 하는 것이다.

마음을 정복한 사람에게 마음은 최고의 친구이다.
그러지 못한 사람에게 마음은 최대의 적이다.
– 바가바드기타

'내 탓이오'라고
마무리해라

'잘되면 내 능력, 안 되면 조상 탓'이라는 말을 하는 사람들이 있다. 자신의 책임은 없고 오로지 세상 탓 남의 탓을 즐겨 하는 이들이다. 바로 그들의 전매특허나 다름없는 푸념이다.

현재 자신이 직면해 있는 문제나 애로점 등에 대해 그들은 이렇게 말한다.

"나는 운이 없다."

"늘 사람을 잘못 만난다니까."

"하늘도 무심하시지. 내가 뭘 그리 잘못했다고 이런 시련을……."

자신에게 일어나는 온갖 세상사는 자신이 존재하기에 생겨나는 것이다. 푸념이나 남의 탓은 아무런 의미가 없다. 오히려 모든 일에 세상

30 인생을 살며 사랑하며 배우며……

에 대한 배신감이나 핑계를 갖다 대는 잘못된 습관만 만들어갈 것이다.

지금 현재 자신과 연관된 크고 작은 여러 가지 일들, 특히 자신이 해결하지 않으면 그 누구도 대신해 주지 않는 문제점이나 정리해야 할 일들에 대해 이제부터는 '내 탓이오'라고 인정하고 그 상태에서 최선의 방법을 찾아본다. 남의 탓이나 핑계만 늘어놓는 사람들은 더 이상의 발전이 없고 혼란스러운 스스로의 주변이나 상황을 정리하지 못한다. 결국 상황은 더욱 어렵게 될 것이고 후회 또한 커질 수밖에 없다.

자신에게 불어닥친 험난하고 불편한 모든 상황의 원인이 다른 사람이 아닌 '내 탓이오'라고 생각하고 차분하게 스스로를 성찰한다면 오히려 더 성숙되고 도량이 넓은 사람으로 거듭날 것이다. 뜻대로 안 되는 것이 있다면 노력이 조금 부족했다고 여기고 더욱더 노력해 보자. 긍정의 힘으로 인해 반드시 좋은 성과가 나타날 것이다. 그리고 마음 편한 상황이 될 것이다.

현재 위치를
재정리해 보아라

수많은 작품을 남긴 독일 영화의 대표적인 감독 파스빈더는 스스로 '나는 누구인가, 나는 독일의 역사 그 어디에 서 있는가, 왜 나는 독일인인가'를 끊임없이 질문했고 그 결과 인종차별주의 유산이 남아 있는 독일 사회를 비판한 대표작 '불안은 영혼을 잠식한다' 같은 명작품을 남겼다.

자기 성찰을 즐기는 이들은 수시로 자기 자신을 되돌아볼 수 있는 시간을 스스로 갖고자 노력한다. '나는 누구인가', '내가 서 있는 지금의 자리는 어떤 자리인가', '나는 무엇을 위해 지금까지 살아 왔는가' 등등 자문의 시간과 자각의 시간을 갖는 것이다. 이는 자신의 앞날을 개척하거나 뚜렷한 목적의식을 갖고 살아가는데 큰 영향력을 발휘한다. 흔들리거나 중도 하차하는 일을 없게 하는 것이다.

　적지 않은 사람들이 늘 앞만 보고 달려간다. 그러다 보면 정작 중요한 것을 놓치고 지나간다. 현실에 쫓기어서 자신의 정체성이라던가 자신의 위치를 잊고 살아가는 것이다.

　가끔씩은 스스로에게 질문을 해보자.

　'나는 지금 내가 정해놓은 길을 걷고 있는가?'

　'나는 지금 그 길 어디쯤에 와 있는가?'

　'지금의 나는 어떤 모습으로 서 있는가?' 등등 자신의 현재를 점검하고 이성적인 냉철한 판단을 내려라.

마음먹기에
달렸다

사람의 마음속에는 언제나 악마와 천사가 이웃하여 살고 있다.

대개의 인간은 그렇다고 생각해도 틀림없다.

때문에 착한 마음으로 "안녕하십니까?" 하고 말하면 천사가 나타난다.

얼굴에 미소가 피어나고 무표정하게 지나치려 했던 상대 또한 밝은 얼굴로 화답하기 마련이다.

언짢은 기분으로 말로만 "안녕하십니까?" 했다고 치자. 악마가 나오는 것과 같은 것이다. 상대는 먼저 알아차린다.

그저 마지못해 지나가며 하는 말을 반가워하지도 즐거워하지도 않는다.

상대는 뒤돌아서서 말한다.

"아니 차라리 모른 척하고 지나가지 왜 억지로 인사를 하는 건가?"라고.

사람을 볼 때 진정성을 가지고 인사를 하고 진실하게 대하라.

내 맘속에 화가 차 있고 미움이 가득하면 어떤 말을 하더라도, 어떻게 인사를 하더라도 그것은 아무 의미가 없다. 오히려 상대를 불쾌하게 만든다.

양심은 영혼의 소리이며,
정열은 육신의 소리이다.
- 루소

신용은 내가
만드는 것이다

———————

　성공한 기업인들에게 성공 이유 몇 가지를 말해달라고 요청하면 공통분모처럼 나오는 말 한 가지가 있다.

　"신용이었습니다."

　부도 위기에 자신을 도와준 사람들은 물론이고 금융권도 그간 자신의 신용을 담보로 위기를 탈출할 수 있도록 도와줬다는 것이다.

　세상이 각박하여 사람을 믿지 못한다 해도 사람 사는 세상에서는 예나 지금이나 신용이 제일이다.

　그렇다면 "나는 어느 정도로 신용이 있는 사람인가?" 하고 자문해 볼 필요가 있다.

　내가 지금 다음과 같은 전화를 했을 때 지인이나 친구, 그리고 가족들의 반응은 어떨까?

"나 급한 일이 있어서 지방에 가야 해서 모임에 못 나가니까 대신 말해 줘."라고 모임을 갖는 친구 한 사람에게 말할 경우 상대가

"그래 일 잘 보고 와. 내가 대신 말해 줄게."

라는 대답이 돌아와야 한다.

"왜 가는데? 이번엔 정말 출장 때문인 거지?"

라는 대답이 나오면 당신은 이미 신용이 없는 사람이다.

금전적으로 여유 있는 친동생에게

"나 지금 외국에 와 있어서 급한 송금을 해줘야 하는데 상황이 어려워. 귀국하면 돌려줄 테니 이백만 원만 M에게 보내줄 수 있어?"

"알았어요. 일 잘 보고 안전하게 돌아오세요."

라는 답이 오는 게 정상이다. 하지만

"지난번에 가져간 것도 아직 돌려주지 않았잖아요. 이번엔 큰 형한테 부탁해 봐요."

라는 말이 나온다면 이미 가족도 등을 돌린 상황이니 친구나 선후배 사이에서의 신용도는 더 이상 물어볼 필요도 없는 사람이다.

신용! 그것은 당신의 인간관계의 실체이자 당신의 인생 점수이기도 하다.

어린이와 바보는 거짓말을 할 줄 모른다.
- J. 헤이우드

'사소한 일'이라고
소홀히 하지 마라

하나를 보면 열을 안다고 했다.

어떤 것이든 한 가지 일을 보면 그 사람의 전체를 미루어 알 수 있다는 얘기다.

작은 말 한마디, 행동 하나일지라도 늘 신중하게 처신해야 하는 이유다.

운동화 끈이 풀린 채로 걷는다거나 차림새가 단정하지 않은 사람을 보면 십중팔구는 이렇게 생각하거나 말하기 마련이다.

"밖에서 저러고 다닐 정도면 집에서는 오죽하겠어."

"자기 일은 제대로 하겠는가?"

"집안 꼴은 오죽하겠어"

나 편하자고 옷을 대충 걸치고 다니는 것도 자유이고 나만의 스타일을 앞세워 마음 내키는 대로 행동하는 것도 개성일 수 있다.

하지만 이 또한 10대 청소년이 아니고 사회활동을 하는 성인이라면 그 누구도 '자기 스타일이니까'라며 곱게 봐주질 않는다.

아무리 사소한 일이나 언행일지라도 가볍게 여기고 대충대충 그럭저럭 넘어가지 마라.

당신이 한 번 보여준 모습이 타인에게는 '저 사람은 원래 저래'라는 낙인으로 남을 수도 있으니까.

사람이 거짓말한 이후에는
훌륭한 기억력이 필요하다.
- P. 코르네이유

'나'는 '나'임을
인정하라

나는 세상 수많은 사람들 중 한 사람이다.

잘났든 못났든, 부자든 가난한 자이든 나는 나로서 이 세상 단 하나의 존재다.

'남이 장에 가니까 나도 따라 간다'는 속담의 주인공이 되어서는 안 된다.

'뱁새가 황새를 따라가면 다리가 째진다'는 말처럼 남이 하는 대로 흉내를 일삼는 것처럼 바보스런 짓은 없다.

'나'라는 존재감이 확실할 때 내가 추구하는 삶을 살 수 있으며 남과 비교하는 일도 사라진다.

사노라면 나보다 잘난 사람도 있고 따라하고 싶을 만큼 부러운 사

람도 있다.

다만 그들은 내 인생을 살아가는 롤 모델이기보다는 일부분 벤치마킹 모델로 삼는 정도이어야 한다.

내가 나를 인정할 때 언제나 어디서나 '나는 나'라는 자존감으로 당당하고 나만의 멋진 삶을 살아갈 수 있다.

자신과 남과는 전혀 다른 환경의 사람이라는 것을 잊지 말아야 한다.

활은 굽은 것이 펴지지 않으면
그 힘을 잃는다.
– 오비이우스

기회는 미리 준비한
자의 몫이다

어느 성공한 기업인이 성공학 강연에서 말했다.

"기회는 누구에게나 오지만 그걸 잡는 사람은 많지 않습니다. 기회를 놓친 많은 사람들은 기회를 잡을 준비가 되어 있지 않았기 때문입니다."

맞는 말이다.

누구나 일생을 살아가면서 몇 번의 기회와 운을 맞게 되지만 그 운을 잡아서 성공하는 사람은 그리 많지 않다.

자신에게 다가온 기회나 운을 잡은 사람들은 그만큼 능력이 있는 사람들이다.

그들의 능력은 높은 지능지수나 임기응변이 아니다. 평소 철저한

준비와 노력을 기울인 것이 바로 그들의 능력이다.

우리는 격려하고 응원할 때 흔히 "정직하게 열심히 살다 보면 행운이 나타날 거야."라고 말한다. 진리와 같은 말이지만 정직, 성실, 노력 이런 것은 물론이고 한 가지 더 나에게 다가온 기회나 운을 활용할 수 있는 준비가 돼 있어야 한다.

이를테면 코로나19 감염병이 확산되기 시작했을 때 이미 신속하게 마스크를 제조할 수 있는 설비와 인력을 갖추고 있던 기업들, 이들이 생산한 마스크를 온라인으로 유통시킬 수 있는 마케팅 능력을 갖추고 있던 사업자들이 바로 준비된 그들이다.

　기회를 꽉 잡고 성공하고 싶다면 고민해라. 내 인생에 어떤 준비를 할 것인지에 대해서…….

위대한 사람은 절대로 기회가
부족하다고 불평하지 않는다.
- 에머슨

리더는 추진력이
강하다

─────────────

"저 친구는 늘 미적지근해."
"이번엔 또 뭐가 문제야? 뭐 하나 시원하게 하는 게 없어."

　시작은 했지만 언제 끝날지도 모르고 시간만 흘러간다. 못 하는 건지 안 하는 건지 늘 안개속에 서 있는 것 같은 사람들은 수동적이고 미온적이다.

　공부든 사업이든 직장에서의 일 처리든 밀고 나갈 수 있는 힘이 없는 사람은 성공도 실패도 없다. 주변에서 '답이 안 나오는 사람'이라는 말을 듣는다. 조직에서 할 말도 못 하고 뒤꽁무니에서 침묵하기 일쑤다.

　리더들의 두드러진 특징은 추진력이 강하다는 것이다. 그들은 자기의 목표, 신념, 책임감이 강하다. 자연스럽게 밀고 나갈 힘이 생긴다.

목표를 정하면 강한 추진력으로 밀고 나가는 사람은 성공한다. 더러는 실패도 하지만 그 실패마저도 교훈삼아서 다시 추진할 때는 성공에 이른다.

칼을 들었으면 무라도 자르라는 말이 있다. 마음을 먹고 목표를 정했으면 실행으로 옮겨야 한다. 시간을 끌지 말고 도중에 멈추지 말고 긍정의 마인드로 강력하게 추진할 때 조직원들도 따라오고 주변에서도 응원을 하기 마련이다.

무엇이든 마음먹었으면 도전하라. 강하게 밀어 붙여라. 능력 있는 리더는 그렇게 한다.

세상에서 가장 불쌍한 사람은 실력은 있으나
비전이 없는 사람이다.

– 헬렌 켈러

장인정신에
올인해라

———————

'집에서 새는 바가지는 나가서도 샌다'는 속담이 있다.

입사한 지 1~2년도 못 되어서 다른 회사로 이직을 하는 사람은 그 직장에서도 마찬가지로 1년 이상을 버티기가 힘들다. 일도 마찬가지다. 자신이 하고 싶어서 선택한 일인데도 불구하고 쉽게 포기하고 다른 일을 찾는 이들이 부지기수다.

한 조사에 따르면 대기업 신입사원들의 이직률은 12%로 나타난다. 중소기업을 포함할 경우 신입사원 이직률은 무려 30%에 달한다. 예외적으로 이직률 0.2%의 기업도 있다지만 낮은 이직률을 보이는 기업은 사회적인 지명도, 근무여건 등 모든 면에서 최정상으로 소문난 기업으로 소수에 불과하다. 자신이 절실히 원해서 입사한 전문직종의

신입사원들도 이직률이 30%를 넘
는다고 한다. 취업을 하지 못해 발
을 동동 구르는 사람들에게는 배
부른 얘기로 들릴지도 모르지만
이는 현실이다. 이유는 무엇일까?

경력사원들이 지적하는 신입
사원들의 공통된 문제로는 인내
력의 부족이다. 20~30대일수록
"이 회사 아니면 밥 굶나.", "이렇
게 힘들게 일을 해야 하나."라는
짧은 생각과 인내력 부족으로 회
사를 그만두는 이들이 적지 않다.

성공하려면 '한 우물만 파라'
는 말이 있다. 한 가지 일에만 몰
두하고 한 직장에서 헌신적으로

일하다 보면 장인이 되고 임원이 된다는 사실은 이미 누구나 다 아는 사실이다. 하지만 안타깝게도 젊은 시절에는 이를 망각하는 이들이 적지 않다.

직장인이라면 적어도 '철새'라는 말은 듣지 말아야 한다. 또 '경력에 비해 능력이 안 되는 사람'이라는 평가는 받지 말아야 한다. 열정과 젊음이 있을 때 한 가지 일에 올인하고 그곳에서 결과물을 만들어내겠다는 작정을 하지 않으면 안 된다.

성공한 이들의
자서전을 읽어라

스티븐 코비가 쓴 '성공하는 사람들의 7가지 습관'은 베스트셀러 중의 베스트셀러였다. 1994년 4월 15일 초판 발행 이후 이미 지난 2003년 9월에 444쇄를 발행하였고 자그마치 110만 부가 판매되었다고 한다.

사람들은 누구나 '성공'이라는 단어에 주목한다. 이유는 간단하다. 저마다 성공하고 싶기 때문이다. 사람들은 전문가로서든 경영인으로서든 자신이 하는 일에서 최고가 되길 원하며 화려한 성공을 꿈꾼다. 그러니 성공을 하기 위한 방법이나 지름길을 알려주는 책이라면 너나 할 것 없이 구입하기 마련이다.

성공을 꿈꾼다면 먼저 성공모델을 찾아 벤치마킹하는 것이 빠른 방법이다. 단 성공하는 방법을 좀더 쉽고 재미있게 배우고 싶다면 성

공한 이들의 자서전을 읽는 것이 더 효과적이다.

성공을 향해 고민하고 갈등하며 남다른 아이디어와 방법을 추구하기 위해 애쓰는 것도 좋지만 그보다 먼저 성공한 사람들의 과정을 읽고 그것을 벤치마킹하는 것이 성공을 향한 지름길이 된다.

행복했던 순간을
다시 기억해라

　정신력이 강한 사람과 그렇지 못한 사람의 차이는 스스로에게 긍정의 힘을 불어넣을 수 있는 사람인가 아니면 부정적인 사고로 빠져드는가이다. 긍정적인 사고에 올인하는 것은 자신의 삶을 바르고 성공적으로 이끌어가는 데 도움이 된다.

　복잡하고 짜증나는 일이 생겼다고 치자. 행복했던 과거를 다시 떠올려라. 학교 졸업 후 취업 당시 합격했으니 며칠부터 출근하라는 말을 들었을 때의 그 기쁨을 기억해라.

　하루라도 빨리 벗어나고 싶은 고3 시절을 힘들게 보내고 난 후 대입시험에서 합격의 영광을 안았던 그 순간을 생각해 보라.

　첫사랑을 만났을 때의 가슴 설레임, 첫 직장 첫 출근 시의 신선함

과 다짐, 사랑하는 가족들과의 행복했던 시간들, 자신이 원했던 소기의 목적을 달성했을 때의 만족감과 행복감 등을 회상해 보라.

삶은 그렇게 늘 찌들고 고독하고 힘든 것만은 결코 아니라는 것을 새삼 느끼게 된다.

인간의 삶은 생로병사(生老病死)와 희노애락(喜怒哀樂) 이 두 개의 4자 성어로 이루어진다. 날마다 기쁘고 날마다 슬픈 일만 있을 수는 없다. 때문에 자기 스스로 감정을 조절하고 자제하고 가꿔나가야만 그때그때 부딪히는 상황들을 슬기롭게 이겨낼 수가 있다. 특히 어렵고 힘들고 슬플 때일수록 그 순간이나 상황에서 긍정적인 사고에 몰입하여야 한다.

힘들고 고통스러울 때 앨범을 펴고 행복했던 시절을 기억해라. 먼지 낀 일기장을 꺼내서 소중했던 시간들, 그리운 사람들을 다시 한번 생각해라. 우리의 뇌에 행복했던 기억과 즐거운 상상이 자리하는 순간 좌절이나 극단적인 선택이 차지할 공간은 사라질 것이다.

너의 내면을 명품으로
만들어라

'샤넬', '구찌', '프라다', '버버리' 등등. 평범한 소시민으로 살아가는 이들에게는 입이 벌어지는 이름들이지만 요즘 젊은 세대들에게는 아주 익숙한 이름들이다.

직장이 없는 백조(?) 백수(?)들에게도 그다지 낯설지 않으며 대학생들에게도 특별한 이름이 아니다. 몇백만 원대를 호가하는 명품들이지만 명품을 선호하는 이들에게는 늘 즐거움의 대상이고 기회만 있으면 구입하고 싶은 브랜드들이다.

자기 실력보다는 겉치레나 외모로 평가받는 사회 현상이 명품 추구 현상에 미치는 영향도 적지 않다. 유행을 따라가려는 심리나 연예인들을 모방하려는 심리 또한 크게 작용한다. 최근 들어서는 소확행(작

지만 확실하게 실현 가능한 행복)을 빙자한 자기 만족과 욕
구 충족 심리도 한몫을 거든다.

명품에 빠져들다 보면 무엇보다 무서운 것이 자
신도 부담스러운 일이라는 것을 알면서도 쉽게 포기
하지 못하는 습관이 생긴다는 것이다.

우리 사회는 외면적인 가치가 아닌 인간의 본래
적 존엄성을 가장 소중하게 여기는 사회다. 우리 각
자가 가장 고귀한 명품이라는 생각을 가져야 한다.
또 인격 존중의 의식과 문화를 지향해야 한다. 만일
이러한 자각이 이루어지지 않으면 2세들에게도 똑
같은 명품선호 풍조가 전해질 것이다.

프로만이
살아남는다

─────────

재주가 많아서 '팔방미남(八方美男)'이라고 추켜세우던 시대는 지났다.

21세기는 프로의 시대다.

이것도 할 수 있고 저것도 잘 할 수 있고 온갖 것을 다 할 수 있다고 자부하는 당신에게는 그 누구도 절대 프로라는 칭호를 붙여 주지 않는다.

세상 사람들이 당신에게 재간이 많다고 칭찬은 해줄지언정 그것이 당신의 인생을 성공으로 이끌어주지는 않는다.

어느 분야든 세상이 원하는 하나의 전문적인 분야를 선택해라.

70대에도 자기 분야에서 당당히 존재감을 자랑하는 우리 사회 각

계의 프로 직업인들을 보면 답은 한결 빨리 얻게 된다. 그들의 공통점은 오직 한 길 자신이 택한 길만 걸어왔다는 것이다. 그 길이 돈이 되든 안 되든, 세상이 높이 평가하든 그렇지 않든 간에 장인 정신을 갖고 무던히 배우고 익히는 사이에 당신은 프로로 거듭 태어날 것이다.

바른 예절과 지식이 인간을 만든다.
– H. 브레드쇼

자존감을
키워라

세상을 살아가는 데 꼭 필요한 것 중 하나는 자존감을 갖는 것이다.
오스카 와일드는 말했다.

"너 자신이 되라. 다른 사람은 이미 있으니까."

우리 모두는 각각 소중한 존재다. 나 스스로 나를 사랑할 때 다른
사람들도 나를 아껴주고 사랑해 준다.

자존감이 약한 사람들은 매사에 자신감이 부족하고 남의 시선을
너무 의식한다. 자신감이 부족하기 때문에 대인관계가 원만하지 않고
열등감이 심하다.

자존감은 스스로 만들고 지키고 키워야 한다.

나를 격려하고 용기를 북돋아 주자. 작은 일이지만 '그래 나 잘했

어. 역시 나에겐 잠재력이 있어.' 이런 식으로 격려하고 칭찬해 주자.

공부, 운동 , 취미, 일…… 어떤 것이든 새롭게 도전하면서 자연스럽게 자존감을 끌어 올리자.

작은 실수를 했거나 내가 원하는 목표를 달성하지 못했다 할지라도 '그럴 수도 있지.', '내일 더 잘하면 돼.'라고 나 스스로를 용서해 주자.

그리고 비교하지 말자. 남과 비교하면 그 순간부터 자존감을 스스로 떨어뜨리는 결과를 초래한다.

'나는 나다.'

'내가 그와 똑같을 필요는 없다.'

'나는 나로서 괜찮은 사람이다.'

이렇게 자신을 인정하자.

만인(萬人)은 천리(天理) 앞에 평등하다.

– 라틴 법언

자투리 시간을
알차게 활용해라

———————

남에게 바쁘게 보이려는 경향이 있는 사람들이 적지 않다. 주변 사람들을 만날 때마다 "너무 바빠.", "몸이 열 개라도 모자라."라고 말하면서 소위 바쁜 척을 한다. 정작 그들의 일상을 들여다보면 그다지 중요하지도 않은 잡무에 휘둘리는 것이 스스로를 바쁘게 하는 원인임을 알 수 있다. 시간을 헛되이 낭비하고 있다는 얘기이기도 하다.

돈이 든 지갑을 잃어버리면 손해를 봤다는 사실을 바로 알 수 있지만 하루의 생활 속에서 시간을 헛되이 썼다는 사실에는 둔감하다. 아무렇지도 않게 흘려보내고 있는 시간에 대해서 다시 한번 생각해 볼 필요가 있다. 헛되이 보내던 시간을 유용하게 활용하면 상당한 돈을 버는 일 못지않게 소중한 그 무언가를 얻게 된다.

우리의 하루 일과 속에는 커다란 의미가 없는 자투리 시간이 여러 군데 산재해 있다. 예를 들어, 출퇴근 시 전철에서 보내는 시간, 업무 시간 전 회사에 도착해서 자신의 책상에 앉았을 때, 점심 식사를 마치고 일을 시작하기 전까지의 시간 등은 자투리 시간이다. 누군가를 찾아가서 기다리느라 보내는 몇십 분 역시 자투리 시간의 대표적인 예다. 그다지 의미가 없는 잡담을 나누는 시간도 그렇다. 생각 없이 흘려보내는 시간이 하루 중 꽤 있는 것이다.

'시간은 금이다'라는 말을 수없이 들어왔음에도 불구하고 사람들은 5분이나 10분이라는 시간을 그저 짧은 시간이라고 여기고 무시하는 경향이 적지 않다. 하지만 하루 동안 자신의 행동을 한번 돌아보면 놀랄 만큼 많은 자투리 시간이 있었다는 사실을 알게 될 것이다.

이제부터는 자투리 시간을 적극적으로 유용하게 활용해 보자. 일의 능률도 훨씬 더 오를 것이다.

시작이
반이다

———

'이봐, 해보기나 했어?'

지금은 고인이 된 현대그룹의 창업자 정주영 회장이 남긴 유명한 말이다.

도전 정신이 약하고 의지가 나약한 사람은 시도해 보지도 않고 안 된다고 하면서 아예 시작할 엄두도 내지 않는다. 도전을 하지 않았는데 좋은 결과를 기대할 수 없는 것은 당연한 일이다.

성공하는 사람들은 성공 이전에 도전을 즐긴다. 새로운 것을 먼저 시도하고 남보다 한발 먼저 앞서 나간다.

도전을 두려워하는 사람들은 실패를 두려워하는 사람들이다. 애시 당초 도전을 할 만한 의욕과 에너지가 없다.

시작이 반이라고 했다. 생각만 하거나 고민만 하다가는 자신에게 주어진 기회를 놓치고 만다. 목표가 세워졌고 실현 가능하다고 믿는다면 머뭇거리지 말고 곧장 실행에 옮겨라.

능력은 많지만 지나치게 조심성만 깊고 실행력이 약한 사람보다는 차라리 가진 능력은 조금 부족하더라도 용기를 갖고 도전하여 추진력을 발휘하는 사람에게 성공은 더 빨리 다가온다.

산다는 것은 숨만 쉬는 것이 아니다.
산다는 것은 행동하는 것이다.
- J. J. 루소

2020

어차피 할 일이라면
과감하게 뛰어들어라

———————

재미있고 흥미 있는 일은 하고 싶을 때에 언제나 할 수 있다. 능력 있는 사람, 성공하는 사람은 싫은 일이나 어려운 일이라 할지라도 결코 피해가는 법이 없다. 진실로 자신의 능력을 시험하려면 싫증이 나고 마음이 내키지 않는, 그러나 하지 않으면 안 되는 일에 과감히 뛰어든다. 그리고 어떻게 해서든지 결과를 도출시킨다.

다만 싫은 일일수록 부담스러운 일일수록 일을 처리하는 과정에서 테크닉을 발휘해야 한다.

우선 심사숙고하여 여러 방법을 궁리하고 비교적 편하고 쉽다고 생각되는 것부터 손을 대도록 하라. 곤란한 것은 나중으로 미루고 그것을 꾸준히 연구하여 최후의 문제점까지 발견하게 되면 하기 쉬운

일이 90%이고, 나머지는 10%에 불과하게 될 것이다. 그 10%에 노역과 열정을 더 쏟는다면 정말 하기 싫었던 그 일도 좋은 결과로 마무리지을 수 있을 것이다.

어차피 해야 할 일이라면 피한다고 해서 미룬다고 해서 해결될 일은 아닌 것이다.

고속도로 같은
인생이란 없다

인생을 살다 보면 좋은 길을 걸을 때도 있고 험난한 길을 걸을 때도 있다. 그렇기 때문에 평탄한 길을 가는 것이 안전하다고 생각하는 것도 옳지 않고 고개를 넘는 길이 꼭 위험하다고 할 수도 없는 것이다.

가끔씩 누군가는 다른 이들이 건너기 힘들어하는 외나무다리일지라도 재빠르고 안전하게 잘 건너기도 하지만, 그렇다고 그에게 또 다른 장애물이 나타나지 않으리라는 보장은 없다.

자갈길, 흙먼지 나는 길, 아스팔트길, 고속도로, 무서운 파도가 밀려오는 바닷길 등등 온갖 길을 다 걸어가는 게 인생이다.

누구라고 할 것 없이 즐거움과 행운이 있으면 시련과 고난도 찾아온다. 다만 경험이 풍부하고 노력을 많이 기울이고 지혜가 남다르면

힘든 일일수록 헤쳐 나가기가 한결 수월할 뿐이다.

날마다 장미빛 인생만 펼쳐질 거라는 꿈만 꾸지는 마라.

오늘은 행복하고 즐겁지만 언젠가는 나에게도 시련이 닥칠 수도 있다는 것을 생각해라. 그래야만 매사에 더 신중을 기하고 위험과 고난에 노출되지 않으려는 나름의 노력을 기울이게 될 것이다.

아무리 쉬운 길일지라도 무지개만 바라보며 사는 사람은 넘어지기 쉽다.

걱정 없는 인생을 바라지 말고
걱정에 물들지 않는 연습을 하라.

– 알랭

때로는 포기하는 게
현명할 때도 있다

'포기'란 아름다운 단어는 아니다. 그렇다고 해서 우리 삶에서 '포기'를 영원한 실패나 절대 있을 수 없는 일로 여겨서는 안 된다.

어떤 일을 실행할 때 성공률이 70%이고 실패율이 30%라고 예상된다면 곧바로 실행으로 옮기는 것이 좋지만, 만약 그 확률이 반반이라면 현명한 판단을 내려야 한다.

고집이 세거나 의지가 강한 사람들 중에는 실패할 가능성이 적잖음에도 불구하고 이것을 무리하게 관철시키기도 한다. 예를 들면 자수성가형 기업인들일수록 자신의 의지력을 지나치게 높이 평가한 나머지 '나는 할 수 있다.'는 입장을 내세우며 무리하게 추진을 하다가 후회하는 이들이 적지 않다.

　냉정히 계산한 후 추진하고자 하는 저울추가 성공 확률보다 실패 쪽으로 기울어진다면 처음부터 포기하고 시작하지 말아야 한다. 현실성이 결여된 지나친 고집은 결국 무리수를 만들게 되고 실패와 후회라는 결과를 불러온다.

　막대한 자금이 투자된 사업이나 장시간을 요구하는 업무 프로젝트였다고 치자. 무리하게 추진하여 실패로 끝나면 결국 엄청난 돈과 인생을 도난당하는 일이 된다.

　포기하는 게 옳다고 판단되면 미련이나 집착을 버리고 포기해라. 현명한 포기 앞에서 자존심 따위는 필요없는 일이다.

행복의 비결은 포기해야 할 것을
포기하는 것이다.
– 앤드류 카네기

융통성을
발휘해라

———

수학 문제의 정답은 하나지만 사회생활과 인생살이의 정답은 하나가 아니다. 사람에 따라서 방법론에 따라서 정답은 다양하게 나올 수 있다.

"저 사람은 꽉 막혔어. 매사에 곧이곧대로야. 정말 융통성이라고는 조금도 보이지 않아."

당신이 가족이나 조직원들로부터 이런 말을 듣는다면 사고의 유연성에 대해서 깊이 생각하고 변화를 가져 볼 필요가 있다.

길은 하나만 있지 않다. 목적지는 한 곳일지라도 우회해서 갈 수 있는 길이 얼마든지 많다. 그럼에도 불구하고 지금까지 봐 온 눈에 보이는 한 길만 추구한다면 주변 사람들에게는 답답하고 고집불통이며

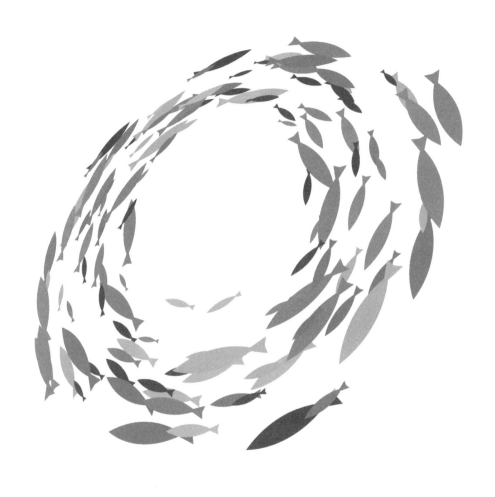

대화가 통하지 않는 사람으로 낙인 찍힌다.

회사에 어린 자녀들을 둔 내근직 사원들이 여러 명 있다고 치자.

그들은 아침에 아이들을 유치원에 보내고 학교에 보낸 후 출근을 해야 한다.

아침은 늘 쫓기는 시간이다. 그러다 보니 지각하는 일이 많아지고 설령 제시간에 출근을 했을지라도 차분한 마음으로 업무에 임하기 힘들 수도 있다. 이런 상황이라면 유연성을 발휘하여 AM8~PM5가 아닌 AM10~PM7로 변화를 주는 게 현명하다. 이것이 바로 유연한 사고에서 근무의 유연성을 발휘하는 아이디어다.

인생에서 남의 눈을 속이는 전략은 좋지 않지만 다양성의 길을 모색하고 그중에서 나에게 가장 합리적인 방법과 길을 택한다면 성공으로 가는 발걸음은 한결 가볍고 빨라질 것이다.

고집으로 상대방을 이길 수는 없다.
당장 고쳐라.

- 그라시안

시간을
디자인해라

———————

누구나 계획을 갖고 있고 가능한 한 그 계획대로 움직인다. 어떤 계획이든 시간의 흐름과 소요를 무시할 수는 없다.

언제부터 언제까지 며칠 또는 몇 시간 내에 계획한 것을 마무리하고자 하는 것은 당연한 일이다. 다만 계획을 뜻대로 이루려면 시간계획표를 철저하게 짜야 한다.

계획한 것을 하나둘씩 순서대로 실행으로 잘 옮기는 사람, 일을 잘하면서도 성과를 확실하게 보여주는 사람, 바쁜 것 같으면서도 여러 가지 일을 해내는 사람, 이런 사람들에게는 일에 필요한 그들이 가진 능력보다 더 중요한 것이 작용한다.

바로 시간을 잘 운영하는 것이다.

하루 24시간은 누구에게나 공평하
게 주어진다. 이 시간을 얼마나 잘 활
용하는가에 따라서 사람마다 만족과
결과는 확연히 다르다.

계획한 것들을 실천하기 위해 시간을 어떻게 분배할 것인가에 대한 전략을 미리 짜는 것이 바로 시간디자인이다. 시간을 어떻게 디자인하는가에 따라서 당신이 '수퍼맨', '수퍼우먼'이 될 수도 있고 반대로 '게으름뱅이', '나태한 사람', '계획만 거창한 사람'으로 남을 수도 있다.

매일매일 사전에 당신의 24시간을 디자인해라.

그래야만 '난 오늘 무엇을 하며 보낸 거지?'라는 공허한 후회를 하지 않을 것이다.

승자는 시간을 관리하며 살고,
패자는 시간에 끌려 산다.
− J. 하비스

관계의
힘 ————

지금 내 주변에는 어떤 사람들이 있는가?

내가 연락이 안 됐을 때 궁금해서 직접 발로 찾아오는 그런 친구가 나에겐 있는가?

내 삶의 힘은 사람과 사람의 관계에서 만들어진다는 것을 생각해 보자.

어떤 친구가
있는가?

─────────

어린 시절부터 노년기까지 살아가는 동안 우리에게 가장 친근하면
서도 편안한 존재는 바로 친구다.

'우정'이라는 언어가 우리의 일상에서 늘 등장하는 이유이기도 하다.

친구란 어떤 존재일까? 혹자는 술 친구, 골프 친구, 사업 친구를 떠
올릴 수도 있다.

과연 우리 인생에서 꼭 있어야 할 소중한 친구는 어떤 친구일까?

나의 장점을 찾아주고 칭찬하는 사람, 나의 결점을 알고 이해하면
서 고통으로 여겨주는 사람, 언제든지 어떤 상황에서든지 곤경에 처
한 나를 구해주고 돌봐주려는 사람, 바로 이런 사람이 인생을 살아가
는 동안 가까이 있으면 좋은 꼭 필요한 친구다.

좋은 친구를 얻으려면 나 먼저 상대에게 좋은 친구가 되어야 한다. 유흥이나 쾌락을 함께 하고, 투기와 싸움에 끌어들이고, 내 기분 좋을 때만 친구를 만난다면 그것은 우정이 아니다. 언제든지 각자의 길을 향해 뒤돌아설 수밖에 없는 무의미하고 무책임한 존재일 뿐이다.

　　진정으로 우정을 나누는 친구는 서로의 마음에 들어와 있기 마련이다. 굳이 말하지 않아도 친구의 마음을 읽어낼 수 있는 사람이 진짜 친구다. 그런 친구와 손을 잡고 희노애락 인생길을 함께 걸어가는 것이야말로 멋진 우정이 아니겠는가?

　　이런 친구를 만들고 아껴줘야 한다.

외나무가 되려거든 혼자 서라.
푸른 숲이 되려거든 함께 서라.
– 아프리카 속담

'라떼'(나-때)를
소환하지 마라

———————

세대 차이가 많이 나서 나이 든 사람처럼 처신하는 이들을 두고 꼰대 '라떼'라는 말이 유행어로 등장했다.

"나 때는 말야 밥만 먹여줘도 열심히 일했어."

"나 때는 말이지 나이 한 살만 위라도 깍듯하게 대했어."

"나 때는 있잖아 시어머니 말에 감히 어떻게 토를 달아."

'나 때'는 '라떼'다.

과거 자신이 살아온 시대를 운운하며 지금의 아랫사람들의 현실과 비교하듯 하는 이들에게 젊은 세대들은 '꼰대'라고 지칭한다. 그리고 '라떼'라는 말로 놀린다.

어느 사회든 세대 차는 존재한다.

과거에 비해 현대는 우리 삶 전 분야에 걸쳐 변화의 속도가 빠르다. 과장된 우스갯소리로 쌍둥이도 세대 차이를 느낀다는 말이 나올 만큼 불과 3년 전, 1년 전과도 오늘은 많은 게 다르다.

시시각각 변하는 현실에서 과거와 현재를 비교하며 너희들은 좋은 세상에 살고 있다는 식의 말을 하는 것은 꼰대, 즉 나이 든 구시대 사람으로 취급받기 십상이다.

세상은 변했다. 나이 든 나에게 젊은 그들이 맞춰 주길, 또 나의 과거를 이해해 주길 바라는 것은 자칫 조직 내에서, 모임에서 이방인 취급당하기를 자처하는 일이 된다.

젊은 세대 앞에서 과거를 소환하지 마라.

젊은 세대들의 문화를 이해하고 함께 스며들어라.

그것이 당신의 사회활동과 인간관계를 원만하게 만들어 줄 것이다.

그러니 '라떼'(나 때)는 자제하라.

모든 사람은 자기의 분수를 지켜야 한다.
– 오비디우스

좋은 벗을
만나라

아이가 학교에 가면 부모들이 가장 궁금해하는 것 중 하나가 바로 어떤 친구를 만났는가이다.

"친한 친구가 누구야?"

"그 친구는 어디 살아?"

"오늘은 친구하고 무슨 얘기를 했어?"

우리 삶에서 그만큼 친구가 중요하다는 얘기다.

아이만이 아니다. 청소년 시기나 20대 청년이 된 시기에도 어떤 친구가 있는지 궁금해한다. 친구는 말하고 뛰어 놀기 시작하는 나이부터 죽는 날까지 늘 필요한 존재이고 소중한 존재다. 자신의 생활반경에서 늘 접하는 사람이다. 많은 대화를 주고 받고 취미나 활동도 같이 할 때가 빈번하다. 아주 친한 친구는 서로에게 비밀이 없을 만큼 많은 것들을 공유하기도 한다. 그런데 이런 친구가 자신에게 나쁜 영향을 미치는 인물이라면 불행을 끌어안은 것이나 다름없는 일이다.

　우리는 주변에서는 잘못된 만남(?)을 종종 보고 듣게 된다. 사기꾼 친구에게 사기를 당하고, 악한 기질을 지닌 친구의 꼬임에 넘어가 공범이 되고, 무모한 일에 도전하길 즐기는 친구를 무작정 따라갔다가 큰 사고 위험에 처한다. 좋지 못한 친구를 선택하는 것은 불행

과 악수하는 것과 같다는 말이 나오는 이유다.

처음부터 좋은 친구 나쁜 친구를 구분하기는 어렵다. 다만 자칫 나쁜 동료와 손을 잡았다면 상대의 생각이나 취향에 물들기 전에 빨리 손을 떼어버리고 멀리 하는 것이 상책이다.

상대해서는 안 될 사람을 사귀지 않으려면 우선 자기 자신이 좋은 냄새를 풍길 수 있게 만들어야 한다. 나비나 벌은 꽃 냄새를 쫓아 꿀을 모은다. 향기로운 사람에겐 마찬가지로 향기를 품은 사람들이 함께 하기 마련이다.

불행은 누가 진정한 친구가 아닌지를 보여준다.
- 아리스토텔레스

친절이 사람을
부른다

───────────

당신이 도로변 음식점 주인이라고 치자.

누군가 "길 좀 묻겠습니다." 하고 말한다면 "네, 여기서 좌측으로 100미터 걸어가면…….." 하고 말해 주고 "더운데 수고가 많으십니다. 잘 찾아가세요."라는 말을 덧붙인다면 상대는 언젠가는 반드시 한번 꼭 찾아와서 말할 것이다.

"지난번에 감사했습니다."라고.

여기서 끝이 아니다. 그는 좋은 단골손님이 될 것이다.

사람은 기분 좋은 서비스나 친절을 받으면 상대방에게 호감을 갖게 된다.

이것은 장사하는 사람뿐만 아니라 모든 이들에게 필요한 사람을

끌어들이는 인간적인 냄새를 풍기는 일이다.

어느 공간에서든 어떤 사람을 만나든 상대 입장을 먼저 배려하고 친절을 베풀어라.

그것은 희망의 부메랑이 되어 하루하루 삶을 즐겁게 만들어준다. 그리고 당신 곁에는 수많은 좋은 지인들이 남아 있을 것이다.

친절이란 보물을 잘 간직하라.
주저없이 베푸는 법, 후회없이 지는 법,
비열하지 않게 얻는 법을 알라.

– 조르쥬 상드

누구나 스승이라고
생각해라

공부는 혼자 할 수 있지만 인생살이는 혼자 하지 못한다. 세상은 사람과 사람이 어우러져 사는 공간이고 그곳에서 삶의 다양성과 깊이도 이해하고 소통, 사랑, 배려, 협동 등 많은 것들을 느끼고 배우게 된다.

학창 시절엔 책과 선생님, 부모님이 모든 것을 알려주고 가르쳐주지만 사회는 딱히 스승이 없다. 내가 보고 느끼고 배우고 깨달음을 얻을 수 있게 해주는 모든 사람들 모든 일들이 곧 스승이다. 하루하루 살면서 만나는 모든 사람들이 나에겐 아주 소중한 스승이 될 수 있는 것이다.

'어린애에게서도 배울 게 있다'는 말이 있다.

누굴 만나든 나와 다르다는 것을 알게 되고 그 속에서 내가 배울 수 있는 것들이 분명히 숨어 있다. 그것을 발견하고 내 것으로 만들어

가는 것, 이것이 곧 진정한 인생연습이고 인생공부다. 그러니 누굴 만나든 소홀히 대해서도 안 되고 무시해서도 안 된다. 그들에게서 배울 수 있는 것들을 무던히 배워라.

　스승은 언제 어디서든 만날 수 있다는 사실을 잊지 마라.

나는 선생이 아니다. 다만 당신들이
길을 묻는 길동무일 뿐이다.
나는 갈 길을 가리킨다. 당신들의 갈 길과
나 자신의 갈 길까지도……

– 조지 버나드 쇼

남을 원망하기 전에
내 욕심 먼저 버려라

━━━━━━

인간은 남을 속이기도 잘 하지만 반대로 유혹 당하는 것을 좋아하는 면도 있다. 누군가는 잠깐의 실수로 유혹을 당했다고 하소연하지만 그들의 십중팔구는 상대의 유혹에 매력을 느껴 걸려든 경우다.

누군가 어처구니없는 사기를 당했다고 할 때 대다수의 사람들은 이런 생각을 하게 된다.

사기를 친 놈이나 그런 부류의 인간에게 사기를 당한 사람이나 똑같은 부류의 사람이라고. 매사를 안이하게 생각하는 사람일수록 유혹에 잘 걸려든다.

특히 돈이나 부동산으로 사기를 당하는 사람들의 공통점은 이자를 많이 받을 수 있다거나 재산을 크게 불릴 수 있다는 말에 현혹되어

사기에 걸려들고 만다.

　과연 어떠한 욕심도 없었다면 사기꾼의 말에 귀 기울였겠는가?

　어떤 유혹 앞에서도 자신의 마음이 동요되지 않으려면 마음속 욕심과 욕망을 버리고 잠재우는 것이 최선책이다.

악마는 가난한 자의 자존심으로
그의 꼬리를 닦는다.

- J. 레이

돈을 빌려주면
사람을 잃는다

친구든 형제든 이웃이든 가까운 사람과 금전거래는 절대 하지 마라. 아무리 좋은 사이일지라도 빌려준 돈을 받지 못하고 주지 못하게 되면 그때부터는 서로에게 남보다도 못한 존재가 된다.

받으려는 자와 주지 못해 피하려는 자로서의 불편한 관계만 남는다. 당신이 마음을 준 상대가 경제적으로 어렵다면 그가 돈을 부탁하기 전에 먼저 베풀어라.

그에게 돈을 주고 되돌려 받지 않아도 정신적, 물질적 고통이 없을 만큼만 주면 된다. 그것은 빌려주는 게 아니라 조건 없이 도움을 주는 것이다. 다만 없는 돈 빚을 내서 주지는 마라. 같이 힘들어지면 정말 돕고 싶어도 도와주지 못한다.

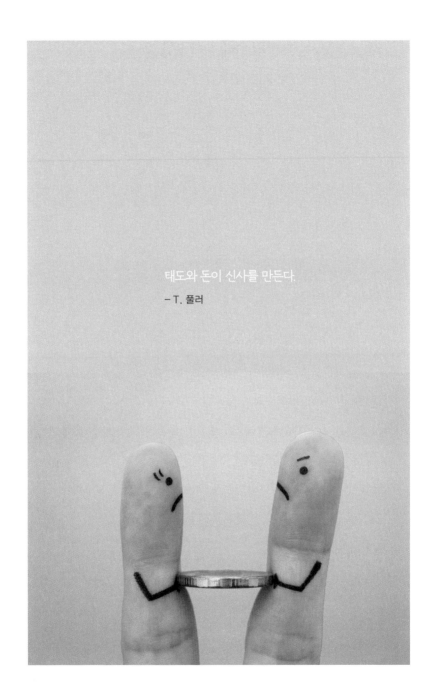

태도와 돈이 신사를 만든다.

– T. 풀러

매너와 에티켓을
지켜라

우리는 다양한 사람을 만난다.

늘 예의바르고 신뢰할 만한 사람이며 많은 이들로부터 호평을 받는 상대만 만날 수는 없는 일이다.

이미 다른 이들에게 부정적인 평가를 받은 사람과 접촉하게 되었다면 당신은 어떻게 할 것인가?

선입견을 갖지 말고 대하라. 함부로 말하지 말고 무시하지 마라.

최대한의 매너와 에티켓을 지켜라.

오는 말이 고와야 가는 말도 곱다.

사람은 상대의 말과 행동에 따라 그도 얼마든지 변할 수 있다.

그에게도 숨어 있는 착한 근성이 있다. 그리고 자존심이 있다.

　당신에게 존중받고 있다는 생각이 드는 순간, 당신으로 하여금 자
존심을 지키게 되었다고 생각하는 순간 그는 당신의 기대에 어긋나지
않도록 행동할 것이다.

예의는 모든 문을 연다
　- T. 풀러

먼저 인사해라

하루에 몇 사람에게 인사를 했는가?

친한 사람, 아는 어른에게만 인사를 하진 않았는가?

인사는 누구나 할 수 있지만 이를 실천하지 못하는 사람들이 부지기수다.

인사는 습관이다.

아이든 어른이든, 친구든 이웃이든, 한 번 본 사람이든 처음 본 사람이든 먼저 인사해라. 그것은 당신의 삶을 즐겁고 풍요롭게 하는 최고의 자산이 된다.

인사는 거창한 일이 아니다. 시간과 비용이 투자되는 일도 아니다. 습관화시키면 오로지 얻는 것이 많아지는 우리 삶에서 가장 쉬운 일이다.

인사를 하는 순간 나도 즐겁고 상대도 즐겁다. 인사를 많이 할수록 나에게 다가오는 사람이 늘어나고 나에게 관심을 갖는 이들이 많아진다. 그리고 나에겐 예의바른 사람, 정감있는 사람, 밝은 사람이라는 행복한 캐릭터가 생겨난다.

가볍게 미소짓는 눈 인사도 좋다. 바른 자세로 미소를 띄우고 고개를 숙여 인사하면 더 좋은 일이다. 그리고 반가운 목소리를 전해라.

"안녕하세요?"

"반갑습니다."

"좋은 하루 만드세요."

고민은 제자리 걸음이요.
생각은 앞으로 지나가는 것이다.
- G. 벡스

베풀고 또
베풀어라

―――――――

"기근의 때일수록 탁발을 하라."

부처님은 제자들에게 이렇게 말했다고 한다. 기근 때문에 수확이 없어 농민들이 굶주리고 있는데 가난한 농가를 일일이 돌아다니며 시주를 받아오라고 한 것이다.

부처님은 왜 제자들을 가난한 사람들의 집으로 향하게 한 것일까? '베풀면 베풂을 받는다'는 자연의 법칙을 가르치기 위해서였다고 한다. 자기 혼자 부를 쌓아 부자가 되려는 마음을 고쳐먹도록 유도하고자 한 것이다.

종교는 서로 통한다. 예수는 "남에게 베풀라. 그리하면 자신도 얻을 것이다."라고 말했다. 그러니 부처님과 예수님이 똑같은 교훈을 우

리에게 심어주고자 한 것이다.

'일립만배(一粒萬倍)'라는 사자성어가 있다. 한 알갱이의 씨앗이 천 배, 만 배로 불어난다는 의미다. 쉽게 말해 뿌린 대로 거둔다는 얘기다. 하지만 씨앗을 뿌리지 않으면 아무런 변화도 일어나지 않는다. 사람들에게 친절의 씨앗을 뿌리면 자신에게도 친절이 되돌아온다. 남을 믿으면 자신도 신용을 얻게 된다. 하지만 남에게 상처를 주면 자신도 곧 상처를 받게 되어 싸움이 일어나고 만다. 자신이 뿌린 씨앗은 백 배 천 배가 되어 돌아온다.

고대 로마의 대표적 철학자 루키우스 안나이우스 세네카는 그의 저서 '베풂의 즐거움'을 통해 사람살이의 가장 중요한 행위인 '은혜'에 대해 말한다. 개인주의자였던 그가 말년에 이르러서는 은혜를 통해 형성되는 인간관계, 즉 '너와 나의 구체적이고 끊을 수 없는 사회관계'에 대해 고심했다고 한다.

누구에게든 먼저
양보해라

───────────

　지하철이나 버스에서 남보다 먼저 올라 타려고 줄 선 사람들을 무시하고, 남보다 먼저 내리려고 팔을 휘저으며 비집고 앞으로 가는 사람들에게 타인의 시선 같은 것은 안중에도 없다. 오로지 '내가 먼저', '내가 우선'일 뿐이다.

　'양보'는 이미 유치원, 초등학교 다닐 때부터 배운 생활의 기본 자세다. 하지만 오히려 아이들이나 학생들보다도 어른들 중에 '양보'라는 두 글자를 잊고 사는 이들이 적지 않다. '남이야 어떻든 나만 좋으면 그만이지' 하는 생각으로 처세한다면 그 사람은 머지않아 행복이나 성공에서 멀어지고 말 것이다.

　단순하게 생각하면 나와 타인은 각각 따로인 것처럼 보이지만 실

제로 우리 사회는 사람과 사람 사이에 보이지 않는 줄로 엮여 있어서 마치 한 배를 타고 있는 것과 같다.

어제 나에게 양보의 미덕을 베푼 그 누군가는 나의 지인의 가족일 수도 있고, 오늘 내가 양보하지 않고 내 입장만 주장하며 손찌검을 한 상대가 내일의 이웃이 될 수도 있다.

진실로 자기를 사랑하는 사람은 상대를 귀중히 여길 줄 아는 사람이다. 그러기에 그들은 양보를 미덕으로 삼고 일상생활에서 자연스럽게 행한다.

겸손하고 양보하는 마음은 인격을 완성하는데 있어서 절대 필요한 양식이다. 이러한 인격 완성의 양식이 떨어지면, 사람들은 교만하고 약해진다.
– 존 러스킨

거절에도 테크닉이
있다

아무리 유능한 사람일지라도, 또 배려심 많고 좋은 사람일지라도 누구에게나 좋은 대답을 줄 수는 없다. 이를테면 모든 요구 조건에 응할 수는 없는 것이다.

상황에 따라서 사람에 따라서 대응 방법은 달라져야 한다. 물론 '예스'나 '노'라는 대답을 하지 않으면 안 된다. '예스'는 나도 즐겁고 상대도 즐겁지만, 문제는 '노'다.

때로는 '노'라고 말할 수가 없어서 주저주저 하고 있는 동안에 진퇴양난에 빠지게 된다. 인간관계 유지는 물론이고 당장 상대의 기분을 생각한다면 '노'라는 말은 그렇게 쉽게 해서는 안 되기 때문이다.

그럼에도 불구하고 반드시 결정을 내려야 한다면 어떤 말이든 내

놓아야 한다.

그렇다면 이렇게 말해 보자.

"생각해 봅시다."

"저에게도 고민해 볼 시간을 주십시오."

"글쎄요. 그것도 좋지만 이런 방법은 어떨까요?"

냉정하게 "힘듭니다.", "못합니다.", "없습니다."라는 부정의 의사 표시를 하기보다는 이왕이면 온화한 대답으로써 말하는 편이 훨씬 효과적일 것이다.

단 금전적인 부탁이나 시간을 끌면 끌수록 상대의 기대감을 높이게 되는 일이라면 답변을 바로 '노', '예스' 둘 중 하나를 말해 줘야 한다. 다만 최대한 예의를 갖추어 말해라.

"마음은 함께 하고 싶은데 지금으로서는 어렵습니다."

"나 또한 그런 경험이 있어서 충분히 돕고 싶은데 제 상황이 안 되니 이해해 주십시오."

노목(老木)은 똑바로 잡기 어렵다.

– 프랑스 격언

미소보다 좋은
것은 없다

'소문만복래(笑門萬福來).'

세상이 바뀌어도 모든 이들에게 통용되는 변하지 않는 진리이자 최고의 인생 철학이다.

웃는 문으로는 만복이 들어오듯이 미소짓는 사람에겐 미소를 띤 사람들이 다가오고, 즐거운 일, 행복한 일들이 더 많아진다.

미소는 만물의 영장인 사람만이 가지고 있는 표현법이다. 이 귀한 하늘의 선물을 바르게 이용하는 것이 사람이다.

미소가 습관화된 사람에게는 만나는 모든 사람들이 아군이 된다. 그래서 성공도 남보다 빠르다고 한다.

'웃는 얼굴에 침 못 뱉는다'고 했다.

미소는 행운과 복만이 아니라 용서와 이해도 불러온다.

빌딩의 관리 직원이든 점포의 판매원이든 설령 길을 가다 마주친 모르는 사람일지라도 먼저 미소를 건네라.

밝게 웃는 얼굴을 보여라.

미소는 인간관계를 두텁게 해주고, 일을 즐겁게 만들어주고, 가정을 밝게 한다. 그리고 장수하게 한다.

미소로써 당신의 가치를 높여라.

유머 감각이 없는 사람은 스프링이 없는 마차와 같다.
길 위의 모든 조약돌마다 삐걱거림다.

– 헨리 와드비쳐

지난날의 과오는 빨리
용서를 구해라

"이십 년 전 일이니 그걸 누가 기억하겠어."

"초등학교 시절 일이니 이해해 주겠지."

"그때는 나도 철이 없었으니 장난삼아 그랬을 뿐이야."

과연 그럴까? 무심코 던진 돌에 개구리가 맞아 죽는다고 했다. 가해자는 피해자의 아픔과 트라우마를 기억하지 못한다.

유명인이 되어 매스컴과 대중의 시선을 집중받게 될 즈음 상대가 과거를 거론하고 나서야 뒤늦게 용서를 구하려는 이들이 있다. 그러나 때늦은 후회일 뿐이고 자신을 지키기 위한 수단으로 비춰지는 게 다반사다.

　장난이었든 철이 없어서 그랬든 누군가에게 아픔과 상처를 준 가해자였던 과거가 있다면 자신의 위치나 명예를 떠나서 하루라도 빨리 피해자 앞에 다가가라. 고민할 필요도 없이 상대가 거론하기 이전에 먼저 찾아가 용서를 구해야 한다.

　어리고 철이 없었다는 것을 핑곗거리로 내세우지 말고 진심을 담아 잘못을 인정하고 무릎을 꿇고서라도 상대가 용서할 때까지 빌어야 한다. 상대가 진정으로 원하는 것은 용서를 구하고자 하는 가해자의 얼굴을 직접 보고 사과를 받고 싶은 것이다.

훌륭한 말은 훌륭한 무기이다.
- T. 풀러

감사하다는 말과
친해져라

"감사합니다."

단 다섯 글자다.

서너 살 아이들도 할 수 있는 말이고 날마다 사용하는 말이다. 가장 쉬운 이 말을 하지 않는 사람들이 있다.

대중교통 안에서 자리를 양보 받았을 때, 먼저 문을 열고 들어간 누군가가 뒤따라오는 나를 위해 문을 잡아주었을 때, 급한 일에 정신이 팔려 버스나 지하철 의자에 휴대폰을 두고 내리는데 이를 집어 건네줄 때, "감사합니다."라는 말을 하는 게 당연함에도 불구하고 말하지 않는 사람들이다.

그들의 마음속에 감사하는 마음이 없을 리 없다. 다만 그들은 자신

의 마음을 전하는 것을 못하는 것이다.

타인을 배려하고 양보하고 돕는 사람들이 상대에게 감사하다는 말을 듣고자 선의를 베푼 것은 아니다. 그러니 감사하다는 말을 하지 않았다고 해서 문제될 일은 없다.

입장 바꿔 생각해 보자. 작은 선행에 대한 표현이지만 누군가로부터 나에게 감사하다는 말을 듣는 그 순간의 느낌이 어떠했는지를.

"감사합니다."

"고맙습니다."

이 얼마나 듣기 좋은 말이었는지 또 마음이 얼마나 뿌듯했는지를 경험했다면 당신 또한 이 언어들을 표현하는 일에 주저하지 말아야 한다.

남이 모르는 내 버릇을
드러내지 마라

사람들은 누구나 자신만의 잘못된 습관, 즉 버릇이 있다. 일곱 가지에서 많게는 마흔여덟 가지의 버릇이 있다고 한다.

어떤 사람이든 버릇은 다 있으나 이것을 남에게 들켜버리면 약점을 잡히는 것과 같다. 그래서인지 누구나 될 수 있는 한 감추려고 한다. 현명한 사람과 발전적인 사람은 남이 알지 못하는 사이에 고치고자 하는 노력을 기울인다.

하지만 그 반대인 사람들도 있다.

'누가 어떻게 보든 나는 신경 쓰지 않는다.'

'내 버릇이 어떠하든 간에 당신에게 피해주지 않으면 되는 거 아닌가?'

이런 사고를 갖고 자신의 버릇을 있는 그대로 개의치 않고 보여준
다면 누구든 좋아할 리가 없다. 오히려 사람들이 당신을 평가할 때 단
점이 두드러진다는 마이너스 요인으로 작용할 것이다.

인간관계든 비즈니스든 장점은 살리고 단점은 죽이는 게 가장 현
명한 전략이다.

나쁜 버릇을 스스로 인지하고 잘 커버하면 그 버릇보다 몇 배나 효
과 있는 장점으로 살릴 수 있다. 처세를 잘하고 못하는 것은 내 것을
잘 살리느냐 못 살리느냐 하는 것에 달려 있다.

습관의 쇠사슬은 거의 느끼지 못할 만큼 가늘다.
그것을 깨달았을 때는 끊을 수 없을 정도로
이미 굳고 단단해져 있다.
– 린든 베인스 존슨

늘 밝은 사람이라는
말을 들어라

안색이 어두운 사람들이 있는가 하면, 언제 봐도 밝은 사람이 있다.

"무슨 일 있어?"

"어디 아파?"

안색과 표정이 밝지 않은 어두운 사람에게는 사람을 만날 때마다 이런 인사가 이어진다.

하지만 늘 밝은 사람에게 다가오는 말은 다르다.

"좋은 일 있나 봐?"

"○○를 만나면 우울했던 기분도 사라진다니까."

전자가 걱정과 불안을 안겨주는 부정적이고 수동적인 이미지를 드러낸다면, 후자는 희망과 즐거움의 긍정과 능동의 아이콘으로 불린다.

웃지 않는 인상, 밝지 않은 얼굴의 소유자는 있던 복도 도망쳐 버린다는 말이 있다. 사람들은 흐려서 비가 내리는 날씨보다는 화창한 날씨를 좋아한다. 만나는 사람도 마찬가지다. 상대의 안색과 표정이 어둡고 칙칙하면 나까지 그 우울한 분위기에 휩싸이는 듯한 느낌이어서 기분이 좋지 않다.

반대로 늘 웃는 얼굴에 생기가 넘쳐나는 사람을 만나면 행복과 희망의 바이러스가 나에게도 전파되어 나 또한 다시 다른 이에게 똑같은 바이러스를 전파하게 된다.

마음과 얼굴은 둘이 될 수 없다. 내가 즐겁고 긍정적인 마음을 지니면 얼굴엔 활력이 넘치고 꽃이 핀다. 그런 사람이 되고 싶지 않은가?

기운을 내라. 최악은 언제든 온다.
– P. C. 존슨

입장 바꿔서
생각해라

우리들은 누구나 다 자신만의 보는 눈, 이를테면 전매특허의 안경을 끼고 있다. 다 하나씩 가지고 있는 자기만의 안경을 통해서 세상을 들여다보고, 나름대로의 판단으로 세상을 살아간다. 같은 것을 봤을지라도 나의 안경으로는 빨갛게 보이나 남의 안경으로는 검게 보일 수도 있다. 그러니 내 안경으로 보이는 것만이 전부라고 생각하지 말자.

시각의 차이, 견해의 차이는 분명히 존재한다. 그러니 남의 안경으로는 어떻게 보일지에 대해서도 생각할 수 있어야 한다. 그래서 필요한 것이 '만일 네가 나라면', ' 만일 내가 너라면'이라는 식으로 입장 바꿔 생각해 볼 필요가 있다.

내 견해만 옳고, 내 행동만 정당하고, 내가 보는 것만이 전부라면

사회생활에서 원만한 한 사람으로 살아남기 힘들다. 상대의 입장에서 생각하고 판단해 보면 내 생각과 견해, 그리고 판단이 무조건 답이 될 수는 없다.

소통은 이해와 배려가 기본이 되어야 한다. 내 안경으로만 사람을 보고 판단하고 의견을 주장하면 소통과 타협은 불가능하다.

"입장 바꿔놓고 생각해 봐. 네가 내 입장이라면 그렇게 말할 수 있어?"

이 말이 전하는 의미를 진지하게 받아들여야 한다.

혀를 다스리는 것은 나지만,
내뱉어진 말은 나를 다스린다.

− 유재석

PART 3

생활과 건강의
힘 ─────

평소의 생활 자세와 습관이 그 사람의 인생을 좌우한다.
습관은 건강과 직결되고 건강은 그의 삶을 움직이는 저울추가 된다.

오늘도 당신은 좋은 습관으로 살았는가?

'욱' 하는 화를
참아라

'화를 다스리지 못하면 재앙을 부른다.'는 말이 있다. 또 '너무 자주 화를 내면 결국에는 화도 내지 못하는 불행한 몸이 되어버린다.'는 말도 있다. 적어도 이 말은 진지하게 되새겨볼 필요가 있다.

한순간에 불행한 몸이 되어버린 사람이 있다. 안타까운 일이지만 실제로 우리 주변에서 얼마든지 일어날 수 있는 일이다.

실제 사례다. A는 평소 버럭 화를 내는 습관을 지니고 있었다. 근본적으로 나쁜 심성을 가진 사람은 아니지만 지나치게 다혈질이라서 가족들이나 직원들에게 큰 소리로 화를 내는 일이 비일비재했다. 그런 성격 때문에 자녀나 아내와의 관계도 그리 좋지 않았고, 회사에서도 직원들이 그의 눈치만 살피는 습관이 생겼을 정도였다. 그가 쓰러

지던 날도 사소한 일로 아내에게 화를 내다가 그만 뇌졸중이라는 돌이킬 수 없는 병을 얻게 된 것이다.

사소한 일에도 울컥 화를 내며 쉽게 흥분하는 사람, 즉 다혈질인 사람은 대부분 고혈압 때문에 고생을 한다. 혹은 고혈압 외의 다른 병 때문에 괴로워하는 편이다. 그렇다면 '화'라는 것이 그렇게 독한 것일까? 결론부터 말하자면 쓸데없는 화는 수명을 단축시킨다고 단언할 수 있다.

우리의 뇌에서 분비되는 신경전달 물질들 중에는 '엔돌핀'이라는 것이 있다. 즐거운 일, 기분 좋은 일이 생겼을 때 엔돌핀이 발생하는

데 이 호르몬은 거의 마약과 흡사하다. 때문에 몸의 컨디션이 좋지 않은 상황에서도 아주 기쁜 소식을 들으면 몸이 날아갈 것처럼 가벼워지고, 통증을 느끼기에 충분할 만큼 넘어져도 그 통증을 못 느낄 만큼 인체에 긍정적인 영향을 미치는 호르몬이다. 반대로 우리가 화를 내거나 분노를 느낄 때에는 뇌에서 '노드 아드레날린'이라고 하는 호르몬이 분비된다. 그런데 이 호르몬은 우리 몸에 아주 해롭게 작용한다. 실제로 오랜 기간에 걸쳐서 스트레스를 받아온 사람의 동맥에는 수많은 상처가 나 있는데 이것은 스트레스성 호르몬인 코티솔의 분비 때문인 것으로 알려져 있다.

우리가 화를 내면 아드레날린과 코티솔 등의 호르몬이 분비된다. 이로 인해 혈압이 올라가고 맥박이 빨라지며 심장 혈관 내벽이 손상될 뿐만 아니라 같은 일이 반복되면 심장병, 고혈압, 동맥경화, 소화장애 같은 질병에 걸리기 쉽다. 심지어는 뇌세포가 손상되어 치매에 걸릴 확률도 높아진다.

다혈질이어서 화를 자주 내는 당신이라면 화를 내지 않도록 자신의 감정을 조절하는 노력은 필수다.

그대가 화를 냈기 때문에 벌을 받는 게 아니라
그대가 낸 화가 그대를 벌하는 것이다.
– 석가모니

마음의 고민거리를
정리해라

마음의 고민거리가 없는 사람은 이 세상에 단 한 사람도 없다.

부자는 부자 나름대로의 고민거리가 있고, 스크린에서 화려한 모습을 보이는 유명 여배우도 존경받는 유명 학자도 다 제각각 그 나름대로의 걱정과 고민이 있기 마련이다. 삶이란 자신이 생각하는 대로 뜻대로만 이끌어지는 것이 아니기에 사람들은 늘 고민과 걱정거리를 안고 산다. 그 무게가 무겁고 가벼움의 차이는 있겠지만 특정인이라고 해서 고민거리 없이 살아갈 수는 없다.

반드시 결정할 것은 '고민을 안고 살아갈 것인가?' 아니면 '고민을 그때그때 정리하며 살아갈 것인가?'이다.

고민이나 걱정을 쉽게 털어버리지 못하는 이들의 경우 몇 가지 공

통점이 있다. 첫째, 지나치게 내성적이며 자기 방어적이고, 둘째, 자존심이 강하다는 것, 셋째, 주변 사람들과 대화가 적고 자신의 고민을 남에게 털어놓지 않는다는 것이다.

반대로 고민이나 걱정을 빨리 정리하는 이들은 고민할 때와 다른 것을 할 때, 이를테면 일이나 그때그때 상황에 따른 행동 시 고민거리가 정리되지 않았다 할지라도 일단 뒤로 미뤄놓고 현실에 몰두한다. 또 고민하는 시간을 너무 오래 갖지 않고 결정을 내린다. 혼자서 결정을 내리기 힘든 경우에는 주변 사람들과의 대화를 통해 해결책을 모색하기도 한다.

고민은 누구에게나 살아가는 동안 짊어져야 할 최소한의 짐 같은 것이다. 그 짐이 너무 무거울 때는 가족이나 친구, 동료들과 함께 나누어 지고 갈 수도 있고, 고민해야 할 가치가 그다지 없다면 아예 던져버리고 무시해버리는 것도 좋은 방법 중 하나다. 적어도 작은 것에 연연하다 더 큰 것을 잃는 일은 없어야 하기 때문이다.

걱정에 맞서 싸우는 법을 알지
못하는 사람은 일찍 죽는다.

– 알렉시스 카렐

잘못된 술 버릇!
인생 망치는 지름길이다

음주운전으로 교통사고를 냈다.

술에 취해 지나가는 여성을 성희롱 했다.

술김에 주먹을 날렸다.

술기운을 빌미 삼아 상사에게 불만을 쏟아냈다.

'술을 많이 마셨으니까 그럴 수도 있지.'라며 술에 관대했던 우리의 과거 문화는 옛말이 됐다. '음주 때문에'라는 변명은 이제 통하지 않는다. 자신이 벌인 일에 책임만 따를 뿐이다. 잘못된 음주습관으로 인해 인생을 망치는 이들이 한둘이 아닌 시대다. 타인의 삶은 물론이고 자기 인생과 가족들의 인생도 한순간에 구렁텅이로 몰아넣는 지름

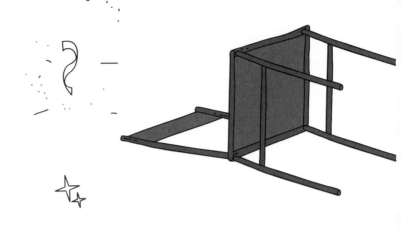

길이 음주로 인한 사건 사고다.

한때 프리스타일 면접이 유행하던 시절 신입사원 채용 시 면접관과 응시자가 음주를 하면서 대화를 나누는 음주 면접을 하는 대기업이 있었다.

왜 그랬을까?

인간은 술을 먹었을 때나 승부 앞에서는 반드시 자기의 본성을 드러내게 된다.

이때야말로 그 사람의 진가를 판단할 수 있는 시간이다. 치사한가, 매너 있는가, 정열이 있는가 단번에 알 수

있기 때문이다. 인격, 성격, 성숙도 등 모두 나타나기 마련이다.

술버릇이 있다면 술을 끊는 것이 현명하다. 술버릇은 하루아침에 바뀌지 않는다. 적당히 조심해서 마셔보겠다는 생각은 순전히 당신만의 야무진 꿈일 뿐이다.

악마가 인간들을 찾아다니기
바쁠 때는 대신 술을 보낸다.

— 탈무드

몸만 챙기지 말고
정신건강도 체크해라

현대인들은 때가 되면 정기검진을 받는다. 특별히 아픈 데가 없어도 의사에게 가서 건강진단을 받는 것은 당연한 일로 여긴다. 하지만 마음 건강은 챙기지 않는다. 어떤 불편한 상황이나 문제가 발생하기 이전에는 자기의 마음 상태에 대해 의사를 찾아가 진단받으려는 사람이 거의 드물다.

신체건강 못지않게 중요한 것이 바로 정신건강이다.

현대인은 딱히 누구라고 할 것 없이 정신건강의 위험에 노출돼 있다. 그만큼 우리의 삶 주변엔 우리가 스트레스, 증오, 두려움, 우울, 미움, 원망, 자책, 비난, 갈등 등으로 괴롭고 힘들어할 수 있는 환경이 공존하기 때문이다.

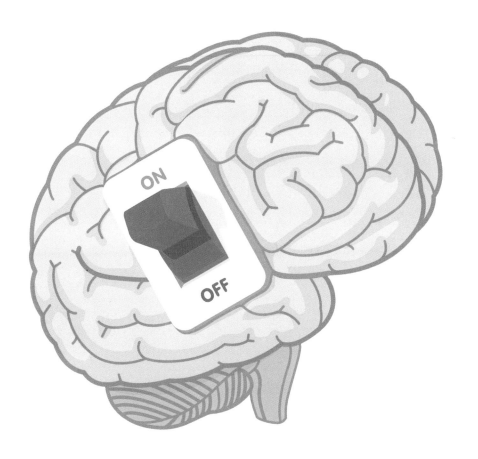

정신건강을 위해 스스로 마인드 컨트롤에 신경을 쓰는 이들이 있는가 하면 종교에 보다 집중하거나 마음을 가다듬는 다양한 프로그램에 참여하는 이들도 있다.

하지만 정신이 상당히 피폐해졌음에도 불구하고, 아무렇지 않은 듯 살아가는 사람들도 적지 않다. 이런 사람들일수록 훗날 마음의 병을 앓고 신음하게 된다.

현대사회에서는 갈수록 정신과 질환을 앓는 이들이 늘어나고 있는 추세다. 내 정신건강을 스스로 마인드 컨트롤하기 힘들다면 정신과 의사의 도움을 받아야 한다.

최근 들어 화재나 충격적인 사건 사고를 경험한 사람들에게 당장 트라우마로 괴롭지 않더라도 심리상담 및 치료를 반드시 실시하게 하는 것도 우리의 정신건강이 표면적으로 나타나는 것만으로는 다 알 수 없기 때문이다.

지혜는 고통을 통해서 생긴다.
– 아에스킬루스

가슴속에 화를
쌓아 놓지 마라

자기 스트레스를 잘 관리하는 사람이 이런 말을 했다.

"나는 며칠에 한 번씩은 혼자서 노래방에 가서 신나게 소리를 지르며 노래를 불러요. 그리고 단 몇십 분일지라도 가능한 날마다 산책을 즐겨요. 그것이 나의 마음을 관리해 주고 정신을 맑게 해주죠."

일에서의 스트레스, 인간관계에서의 갈등과 분노, 내 감정을 밖으로 표출하지 못함으로 인해 쌓여지는 화. 우리가 살면서 수시로 맞닥뜨리게 되는 이런 심적으로 불편한 요소들과 그것들이 쌓이면서 느끼게 되는 무게감은 그 누구도 해결해 주지 않는다. 바로 나 자신의 마음관리밖에 없다.

과거 '시집살이'라는 말이 통용되던 시절의 한국 여성들 중엔 다른 나라 여성들에게서는 찾아보기 드문 '화병'을 안고 사는 사람들이 적지 않았다고 한다. 불만, 스트레스, 화 이런 것들을 그때그때 풀어내지 못하고 가슴속에 쌓아둔 결과물, 즉 마음의 병인 것이다.

현대인들 중에도 화병과 같은 마음의 병을 앓는 사람들이 적지 않다. 돈은 쌓을수록 부를 형성해 주지만 화는 쌓일수록 건강을 해치는 독소임에 틀림이 없다. 그렇다면 쌓지 말고 풀어야 한다.

화를 쌓지 않고 풀어내는 방법은 다양하다. 자신이 좋아하는 취미 생활에 집중하거나 노래, 스포츠, 명상, 산책 등등.

자신만의 방법을 찾아 '이왕이면 다홍치마'라는 말처럼 즐겁게 건강하게 풀어내는 것이 정신건강은 물론이고 신체건강까지 지켜줄 것이다.

싫어하는 사람을 상대하는 것도
하나의 지혜이다.

– 그라시안

걸어라. 날마다
걸어라

"나는 골프를 자주 치는 편이야."
"나는 주말마다 산에 오르지."
"나는 헬스장에서 근력을 키우는데."
"나는 날마다 자전거를 타거든."
"나는 하루 한 시간 걷기운동을 즐기지."

저마다 좋아하는 스포츠가 있다. 스포츠를 통해 즐거움과 건강 두 마리 토끼를 잡는다고 자랑하는 이들이 적지 않다. 앞의 다섯 사람 중 누가 가장 쉽고 안전하게 그리고 마음 편하게 건강을 챙길까?

준비물도 도구도 특정 공간도 필요 없다. 비용도 들어가지 않는다.

바로 걷기 운동을 생활화하는 사람이다.

멋진 근육을 만들기 위해 헬스장을 가는 것도 좋다. 골프를 좋아한다면 골프장을, 수영을 좋아한다면 수영센터를 가는 것을 나무라지 않는다. 다만 좋아하는 스포츠를 즐길지라도 걷기 운동은 생활화시켜야 한다. 우리의 기초체력을 유지시켜주는 일등공신이며, 가장 안전하면서도 백세시대 나이에 상관없이 평생 즐길 수 있는 최고의 운동이자 건강의 담보이기 때문이다. 현대인이라면 유산소 운동으로 대표되는 걷기의 다양한 장점을 모를 리 없을 터이다.

습관은 성격을 형성하며, 성격은 운명이다.
– J. 케인즈

미니멀 라이프를
즐겨라

─────────

30평 넘는 아파트에 살면서 거실은 소파, 장식장, 액자로 치장하고, 방안에 화려한 열두 자 옷장과 화장대 세트를 비치하고, 서재에는 큰 책장과 큰 책상 위로 수백 권의 책을 쌓아놓고 살고 있는가?

아이들이 둘셋 되어 4인 가구 이상이라면 주거 공간 평수도 어느 정도 확보돼야 하고, 가구도 최소한의 구색을 갖출 수밖에 없다.

자녀들이 성인이 되어 출가하거나 독립했다면 그래서 2인 가구 아니면 1인 가구라면 얘기는 달라진다. 잡다하게 늘어놓고 펼쳐놓고 사는 것은 그야말로 공간만 차지하고 관리하는 불편함만 가중될 뿐 효과적이지 못한 일이다.

21세기는 미니멀 라이프가 필수다.

시대가 달라졌다. 누구에게 보여주기 위해 주거공간을 꾸미는 것은 촌스러운 일이다.

자고 쉬고 움직이는 나에게 맞는 실용적인 공간을 추구해야 한다.

공간만 많이 차지하고 실용성은 미비한 가구나 가전 그리고 자주 사용하지 않으면서 쌓여 있는 각종 생활용품들! 이런 것들은 재활용품으로 내놓거나 필요로 하는 이들에게 주고 공간을 심플하고 홀가분하게 만드는 게 삶의 지혜다.

'충분함'이라는 단어에 만족할 줄 모르는 자에게
충분한 것은 아무것도 없다.

– 에피쿠로스

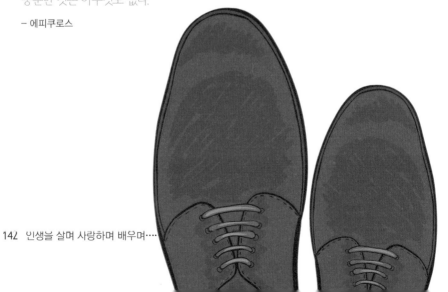

나이 들수록 '인싸'로 살아라

100세 시대다.

나이가 들어가더라도 노년기 인생과 사회활동에 있어서 아웃사이더가 되지 말고, 인사이더가 되어야 한다.

얼굴과 옷만 젊어질 게 아니라, 적극적인 외부활동과 대인관계 유지를 하면서 나이, 직업, 성별에 연연해하지 말고 활기찬 인생을 즐겨라.

'인싸'는 영어 '인사이더(insider)'의 줄임말로, 반대말인 '아웃사이더'와는 다르게 무리에 잘 섞여 노는 사람들을 말한다. 각종 행사나 모임에 적극적으로 참여하면서 사람들과 잘 어울려 지내는 사람들이다.

주변에서 또는 젊은 층 지인들로부터 '인싸'라는 말을 들을 정도면, 노년 인생을 즐겁고 활기차게 자신이 원하는 인생을 펼치는 주인

공이 된 것이다.

　풍부한 삶의 경험과 연륜에서 우러나오는 노하우와 지혜, 그리고 여유는 노년기 시니어들만이 갖는 아주 소중한 보물이다. 인싸로 활발하게 사회활동을 하면서 이 소중한 것들을 세상에 풀어놓으면, 자신에게 만족감을 안겨줌은 물론이고, 사회로의 건전하고 아름다운 환원도 될 수 있다.

젊은이들은 별 이유 없이 웃지만 그것이야말로
그들이 가진 가장 큰 매력 중의 하나이다.
– 오스카 와일드

나만의 '앙가주망(engagement)'은 필수다

"앙가주망에 적극적인가요?"

이런 질문을 받으면 자신있게 "당연하죠."라고 말할 수 있는 사람이 진정한 시민의식을 지닌 현대인이다.

사회 참여를 논의하는 토론에서 자주 거론되는 프랑스인들의 사회성은 오늘의 역동적인 프랑스 사회를 이끈 힘으로 대변된다. 프랑스에서는 오래전부터 지식인들의 사회 참여를 '앙가주망(engagement)'이라고 부른다. 내가 알고 있는 것에 대해 신념을 갖고 행동으로 보여주는 것이야말로 사회적 책임을 다하는 것이고, 그것이 지성인으로서의 마땅한 일로 인정받아 왔다.

시대는 달라졌다. 현대 국가들 중 다수가 자국의 국민이 삶을 영위

하고 사회활동을 할 수 있는 데 필요한 기본적인 의무교육을 실시하고 있다. 매스컴은 온라인으로 확산돼 가고 있고, 누구나 쉽게 뉴스와 사회 트랜드를 접한다. 대학을 졸업해야만 '지성인'이라는 소리를 듣던 시대가 아니다. '지성인'이라는 언어가 이제 유물처럼 돼버린 지 오래다.

우리 사회 또한 그렇다. 누구든 아는 만큼 자신의 의지와 신념으로 사회활동과 변혁을 위한 사회운동에 참여한다. 정치, 노동, 교육, 성평등 등등 다양한 분야에 목소리를 내는 다수를 차지하는 이들은 석박사 고학력자나 정치인 또는 사회운동가들에 집중되기보다는 일반 대중들이다. 앙가주망에 대해 진지하고 심도있게 생각해 보자.

뒤에서 남의 눈치 보면서 지켜보거나 누군가의 권유나 분위기에 휩싸여 움직일 것인가?

아니면 자신의 이념과 가치관 그리고 사회의 공익을 진지하게 고민하면서 직접 소신을 갖고 행동에 나설 것인가?

인격이란 어둠 속의 사람 됨됨이다.
– D. L. 무디

나눔에 인색하지
마라

'콩 한 쪽도 나눠 먹는다'는 속담을 지닌 민족이다.

서로 일을 돕고자 품앗이를 하는 두레문화를 이어온 우리 민족이다.

그 오랜 시대부터 이미 함께 더불어 사는 삶을 실천해 왔으니 이
얼마나 아름다운 유산이고 소중한 문화인가?

산업화와 도시화에 의해 농경문화가 약해지면서 너 나 할 것 없이
자본의 힘에 의지하는 삶을 살고 있다.

돈은 우리가 삶을 유지하는데 필요한 수단일 뿐 인생의 가치를 대
신하지는 못한다. '죽을 때 돈 싸들고 가지 않는다.'는 말을 하게 되는
이유이기도 하다.

사는 동안 나만 배부르고 나만 호화로운 삶을 산다고 해서 인생이

즐겁고 행복하지는 않다. 나눔이야말로 우리 삶에서 정신을 풍요롭게 해주는 꼭 필요하고 가치 충만한 일이다. 나눔을 통해 나도 웃고 이웃도 웃는 세상이 건강하고 밝은 사회, 내일의 희망이 꿈틀대는 사회다.

나눔은 부자만 하는 것이 아니다.

나눔을 돈에만 국한시키면 안 된다.

내가 가진 재능을 기부하는 것도, 이웃과 음식을 나누어 먹는 것도, 지역사회 봉사를 위해 나의 시간을 할애하는 것도 얼마든지 가치 있는 나눔이다.

마음은 베푸는 만큼
자신에게 돌아온다.

- 한나 무어

'지금'이 가장
비싼 금이다

나이가 들어감에 따라 느끼는 시간의 속도가 달라진다.

이는 모든 사람들이 느끼는 공통점이다.

시간의 속도가 빠르다는 느낌이 와 닿는 것은 그만큼 단 몇 분이 저마다 소중하고 귀한 시간이라는 얘기다. 허투루 보낼 시간이 없다는 얘기다.

농담 같지만 살다 보면 인정할 수밖에 없는 것이, '바로 '지금'이 가장 비싼 금이다'는 말이다.

아무리 귀한 보석이 집안에 쌓여 있다 한들 내일 내가 이 세상을 마감하게 된다면 무슨 소용이 있겠는가?

흘러가는 시간은 애원하며 붙잡을 수도 없다. 다시 되돌릴 수도 없

다. 그렇다면 지금 나에게 주어진 이 시간을 황금보다 더 귀하게 여기고 잘 활용하는 게 인생의 지혜다.

'오늘이 가면 내일이 오고, 올해가 가면 내년이 다시 찾아오겠지' 하고 세월의 흐름에 나를 맡기지 마라. 지금의 시간 다가올 시간을 나에게 소중한 재산이 될 수 있도록 알차게 보내고 의미있는 시간으로 남겨라.

'내일은 오늘 세상을 떠난 이가 그토록 간절하게 기다리던 날이다'는 말도 있듯이 시간이 무한정 나에게 다가오지 않는다는 것을 명심해라.

지금 이 순간 행복하라. 왜냐하면 이 순간이 바로 당신의 삶이기 때문이다.

– 우마르 하이얌

패션으로 기분을
전환시켜라

옷이 날개라고 했다.

어떤 옷을 입느냐에 따라서 기분도 활동도 판이하게 달라진다.

새로 구입한 옷이나 자신에게 잘 어울린다고 생각하는 멋진 옷을 입고 출근하게 되면 자연히 걸음걸이도 가볍고 무언가 좋은 일이 생길 것만 같은 즐거운 느낌에 빠져든다.

모르는 누군가일지라도 자신을 바라보면 마냥 즐겁고 미소로 답하게 된다.

동료가 "멋있어.", "맞춘 듯 잘 어울리네."라는 말이라도 건네면 그야말로 하늘을 날 듯이 기쁜 마음으로 활력 넘치는 일과를 시작하게 된다.

반면에 낡은 옷을 입고 있을 때는 초라한 기분, 처지는 듯한 기분에 갇히게 된다.

누가 보지 않아도 자꾸만 타인의 시선을 의식하게 되고 주변 사람들로부터 자신을 감추고 싶은 느낌에 사로잡힌다.

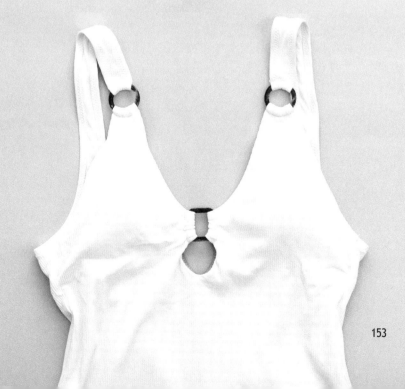

자신의 기분을 스스로 잘 관리할 줄 아는 사람들은 패션으로 그날 그날 자신을 컨트롤한다.

반드시 신상품이거나 화려한 의상일 필요는 없다. 일단 자신의 체형에 잘 어울리면서 컬러의 조화가 단순하면서도 깔끔하게 돋보이거나 두세 가지 컬러를 매칭시키더라도 컬러의 조화가 잘 이루어져야 하는 게 기본이다. 여기에 기분 전환이 필요한 날이나 날씨가 우중충한 날에는 밝은 옷을, 비즈니스 미팅이나 회의가 있는 날에는 상대방에게 예의를 갖춘 듯한 정장 분위기의 단정한 옷차림이어야 한다.

사랑을 이야기하면 사랑을 하게 된다.
- W. G. 베넘

가끔씩은 일탈을 감행하라

궁전에서 뛰쳐나온 공주는 먼저 머리를 자르고 스페인 광장의 계단을 내려온다. '공주'라는 무거운 자리를 버리고 세상 속 자연인이 되고 싶었던 그녀의 자유 표현은 짧게 자른 머리로 대변된다. 그녀는 이것으로 과감하게 일탈을 감행한 것이다.

오드리 햅번 주연의 영화 '로마의 휴일'의 한 장면이다.

평소 직장인으로서 모범적인 생활을 하던 한 가장이 어느 날 아침 출근길에 지하철을 타고 가다가 자신이 내려야 할 역에서 내리지 않는다. 지하철은 시내를 원형으로 한 바퀴 돌아 다시 자신의 직장으로 가는 역에 다다랐지만 그는 여전히 내리지 않는다. 어느 소설 속 주인공의 일탈이다.

사람들은 어제와는 다른 내일, 쳇바퀴 도는 일상으로부터 벗어나 뭔가 신선하고 자유로운 것과의 만남을 꿈꾼다. 일탈을 꿈꾸는 것이다. 하지만 100명 중 99명은 감히 현실로부터 벗어나지 못한다. 하루라도 자신의 자리를 비우면 큰 일이 벌어지는 것으로 여긴다. 남들이 하지 않는 짓이기에 자신도 하면 절대 안 되는 금기(?)쯤으로 인식한다.

결코 그렇지 않다. 일탈을 하지 못하는 자체는 지나친 안정주의에 빠져 있음이고, 혁신이나 변화를 두려워하는 용기 없는 자의 습관일 뿐이다. 오드리 햅번 같은 파격적인 변신이 아닐지라도 가끔씩 한번은 일탈을 감행하는 것이 삶의 에너지를 충전시켜주고 자기 자신을 뒤돌아보는 계기를 마련해 준다. 일탈을 하고 다시 원점으로 돌아갔을 때 심각한 문제가 발생하지 않는다면 그렇다.

일탈은 현실로부터의 도피와는 다른 것이다. 스스로 정해놓은 시간만큼만 자유의 바다로 소풍을 떠나는 그런 일이다. 다시 돌아올 것을 약속하고 떠나는 일이지만 그 자체만으로도 몸과 마음은 날아갈 듯 자유로워진다. 특히 그 일탈이 평소 자신이 잊고 있던 그 무언가를 다시 생각하게 하고 바쁘다는 핑계로 하지 못했던 것을 하도록 했다면 그것은 매우 효과적이고 의미 있는 일이다.

가난! 얼마든지
극복할 수 있다

가난은 죄가 아니다.

가난은 선택도 아니고 그렇다고 필연적인 것도 아니다. 인생을 살다 보면 나의 의도나 노력과는 무관하게 가난이 찾아올 수도 있다. 천재지 변에 의해서 또는 나의 실수로 인해서 경제적 어려움에 처할 수도 있다.

지금 통장에 잔고가 없다고 해서 마냥 슬퍼할 일은 아니다.

돈이 행복의 잣대는 될 수 없으며, 오늘 가난하다고 해서 내일도 가난하라는 법칙 또한 없다.

돈 때문에 남에게 피해를 주는 일만 생기지 않는다면 가난을 부끄 러워할 이유도 없고, 가난으로 절망에 빠질 필요도 없다. 다만 자본주 의 사회에서 경제력은 그 사람의 삶에 많은 영향을 미친다.

때로는 불편하게 만들고 초라하게 만들기도 하지만 그렇다고 해서 낙담해서는 안 된다.

하루아침에 일확천금을 얻기란 불가능한 일이지만 '희망'이라는 글자를 되새기며 하루하루 근면 성실하게 산다면 부자는 아니더라도 크게 부족하게 살지 않을 수 있는 게 현실이다.

어떤 일을 하든 사회 미풍양속에 어긋나지 않는 일이라면 무던히 노력하고 절약하면서 산다면 가난은 안개처럼 서서히 사라져갈 것이다.

폐지를 주워서 저축을 하고 그 돈을 의미있는 일에 기부하는 사람들의 얘기를 종종 듣지 않는가?

우리는 가난을 예찬하지는 않는다. 다만 가난에
굴하지 않는 사람을 예찬할 뿐이다.

– 톨스토이

돈은 버는 것보다
쓸 때가 더 중요하다

─────────────────

앤드류 카네기는 영국 스코틀랜드의 직조공 아들로 태어났지만 세상과 작별한 지 101년이 지난 지금 그는 '철강왕 카네기', ' 기부의 아이콘'으로 많은 이들로부터 존경받는다. 사업으로 모은 많은 재산을 교육계에 기부했다. 다수의 대학 설립을 도왔고, 전 세계 2,509개에 달하는 도서관을 세웠다.

'개같이 벌어서 정승같이 쓰라'는 우리의 속담을 떠올리게 하는 인물이다.

직업에 귀천을 가리지 않고 열심히 돈을 모은 사람들이 많다.

그들 중에는 피와 땀이 서린 자신의 재산을 국가와 사회에 그리고 이웃에게 아낌없이 내놓은 이들도 많다.

돈을 벌 때 고생한 것을 생각해 보라. 누군들 그 돈을 미련없이 아낌없이 선뜻 기부할 수 있겠는가?

돈을 많이 쓰고서도 욕을 먹는 사람들이 있는가 하면 반대로 존경받는 이들도 있다. 전자는 자신의 욕망과 욕구 충족만을 위해 돈을 쓴 사람들이고, 후자는 인류에게 희망과 기쁨을 안겨주는 가치있는 일에 기부한 사람들이다.

열심히 일하며 돈을 버는 당신의 모습에 많은 사람들이 갈채를 보낸다. 다만 훗날 그 돈을 어떻게 사용했는가에 대한 결과는 분명히 달라질 것이다.

세상 사람들의 존경과 비난, 둘 중 하나가 될 테니까.

행운은 항상 신중한 자의 편을 들어 싸운다.
– 에우리피데스

자신과의 약속을
지켜라

─────────

우리는 늘 무엇을 하겠다고 마음을 먹는다.

새로운 목표를 향한 도전, 잘못된 습관을 고치기 위한 노력, 꼭 해야 했지만 못했던 일들에 대한 마무리 등등.

마음을 먹는 것은 나 자신과의 약속이다.

누가 보지도 알지도 못한다. 그렇지만 나 자신 스스로 마음먹은 일인 만큼 노력을 기울여야 한다. 설령 그 결과가 좋지 않다고 할지라도 자신과의 약속을 지키기 위해 최선을 다했다면 후회는 없을 것이다. 하지만 자신과의 약속은 법과 같은 외적인 구속력이 없고 타인의 눈치를 볼일이 없기에 마음만 먹었을 뿐 지키지 못하는 이들이 적지 않다. 결심한 마음이 사흘을 가지 못하는 일이 비일비재하기에 '작심삼

일(作心三日)'이란 한자성어가 그래서 나온 말이다.

일단 마음의 약속을 정했으면 제대로 지켜 나가야만 한다. 실패로 끝날 수 있지만 성공할 수 있는 확률이 그만큼 높은 것이다.

한번 마음에서 정한 것이라면 어떠한 상황이 도래하더라도 밀고 나갈 마음의 약속이 필요하다. 자신과의 약속을 어기는 사람은 남과 한 약속 또한 지키지 못하기 마련이다.

어느 분야에서든지 성공한 사람들을 보라.

백이면 백 그들은 하나같이 자신이 마음먹은 것, 즉 자신과의 약속을 잘 이행했기에 얻은 결과라고 말한다.

소금은 모든 것을 양념해 준다.
- J. 플로리오

행복지수는 나 스스로
올려야 한다

먹고 살만한 경제적 수준에 올라섰다.

사회 인프라도 잘 구축돼 있고 복지를 보더라도 매년 향상되고 있다. 그럼에도 불구하고 매년 전문기관들이 발표하는 노년기 행복지수는 낮다.

바로 대한민국의 얘기다.

행복지수가 꼭 경제력이 높아야 높아지는 것은 아니지만 여러 가지 우리 국민이 처한 상황을 볼 때 아이러니컬하기도 하고 또 한편으로는 참 안타까운 현실이다. 국민 행복지수는 시니어들일수록 그 지수가 낮은 편으로 나타났다.

이유는 뭘까?

전문가들은 심리적인 문제를 꼬집는다.

대표적인 것 두 가지 중 하나가 바로 내 삶을 타인과 비교하는 습관이다.

"누구는 어디에 있는 고급아파트로 이사를 갔다."

"누구네 딸은 뭐가 됐다더라."

남이 살아가는 일에, 남의 가정사에 왜 신경을 쓰는가? 나는 내 방식대로 내가 처한 여건에서 나답게 즐기고 만족하는 길을 걸어가면 된

다. 누군가와 나를 비교하는 순간 행복지수는 떨어진다.

다른 한 가지는 '돈! 돈! 돈!'을 부르짖는 것이다.

돈이 행복을 가져다주는 것은 아니다. 우리나라 30억 이상 금융 자산을 보유한 고액자산가의 가장 큰 고민은 '증여·상속'이라고 한다. 돈이 없는 사람은 돈이 부족해서 문제라고 여기고, 돈이 많으면 그걸 어떻게 처리할지 그게 걱정이라는 것이다. 돈 때문에 행복하지 않다는 얘기다.

나를 타인과 비교하지 않고 돈에 대한 집 착을 버릴 때 '나는 행복한 사람'이 된다.

정말 돈이 많아서 고민된 다면 지금부터라도 사회 환 원에 관심을 가져보길 권 유한다.

해외여행! 진정한
가치를 즐겨라

"남미 그 못 사는 나라들인데다 멀기는 좀 멀어. 거기까지 뭐 하러 가. 차라리 동남아 가서 마사지 받으면서 좋은 호텔에서 푹 쉬다 오겠다."

해외여행 한두 번 안 다녀온 사람이 드물 정도로 2천 년대 들어 해외여행객은 해마다 최고치를 경신해 왔다. 감염병 확산으로 잠시 멈춘 상황이지만 해외여행의 인기는 또다시 이어질 것이다.

휴식을 취하려면 굳이 해외까지 갈 필요가 있겠는가? 도시 한복판에 있는 호텔에 들어가 먹고 자고 즐길 수 있는 시설들은 수없이 많으니 호캉스는 국내에서 즐겨도 된다.

유럽의 탐험가들은 이미 수백 년 전에 동양 각지를 찾아다녔고 신대륙도 발견했다. 여행과 탐험을 통해 세계 각국의 문물을 수용하고 발전시켜 선진국이 되는 기틀을 마련했고 강한 국가로 거듭났다.

가보지 못했던 땅, 그 미지의 시계를 찾아 나서는 것은 아주 특별

한 즐거움이다. 이 세상에는 2백여 개가 넘는 나라들이 있고 그들의 삶은 제각각 다르다. 언어도 문화도 풍습도 다르다.

그들은 언제든지 따뜻한 마음을 지닌 착한 이방인들에게는 이방 인이 아닌 소중한 손님으로 맞이한다. 적어도 현대화된 무기로 먼저 공격을 하지 않는 한 그 어느 나라도 낯선 이방인이라고 해서 총 칼을 먼저 들이대지는 않는다.

떠나야 한다. 그리고 그곳에서 무언가를 느껴야 한다. 특히 젊은층 이라면 더 멀리 더 넓은 곳으로 떠나가야 한다. 그것은 개인을 위한 일 을 떠나서 국가를 위한 일이기도 하다.

바보는 방황하고 현명한 사람은
여행한다.

– 토머스 풀러

시기와 질투만큼
가치 없는 일은 없다

―――――――――――――

"저 사람은 남 잘되는 꼴을 못 봐."

시기와 질투에 사로잡혀 성공한 주변 사람들을 깎아 내리거나 비방하는 사람들을 꼬집는 말이다.

농담처럼 하는 말 중 '부러우면 지는 거야'라는 말이 있다.

부러워할 수는 있지만 그 부러움이 지나치면 안 된다. 자칫 시기와 질투로 이어질 수 있기 때문이다.

질투심과 시기심으로 가득한 사람들의 특징이 있다.

그들은 무조건 남이 잘되는 것을 시샘하며 미워한다.

"학교 다닐 때 나보다 공부를 한참 못했던 애가 성공했다니 이해할 수 없어."

그들은 상대의 능력을 깎아 내리기를 즐긴다.

"차장이 됐다고. 그 녀석 능력은 거기까지야. 부장이나 상무까지는 어림도 없지."

그들은 자기 우월감에만 도취돼 있다.

"자기가 나보다 잘난 게 뭐 있어. 운이 좋았던 거지. 두고 보라고. 감히 나를 따라잡지는 못할 거야."

현명한 사람은 시기와 질투 대신 상대의 성공을 축하해 주고 상대가 잘되고 있을 때 더 잘될 거라고 용기를 북돋아준다. 그리고 시기와 질투에 사로잡혀 의미없는 시간을 보내는 대신 자신의 내일을 위한 자각과 자성의 시간을 갖는다. 나에게 부족한 것은 무엇이었고 내가 더 노력해야 할 것은 무엇인지를 고민한다. 그것이야말로 나도 함께 성장하고 성공하는 지름길이 된다.

거지는 거지를 시기하고,
시인은 시인을 시기한다.

– 헤시오도스

꼭 한번은 유서를
써 보자

눈앞의 현실에 급급해 시간을 재촉하며 살아가는 게 현시대 우리의 자화상이다.

삶의 여유가 없는 만큼 잊고 사는 것도 많고, 반드시 보아야 하는데 보지 못하고 사는 것도 많다. 이런 삶 속에서 어느 날 갑자기 '유서'라는 두 글자 앞에 서게 되면 마치 시간이 정지된 듯한 느낌과 함께 죽음이라는 것에 대해 생각을 해보게 된다.

우리는 언제 우리가 이 세상을 떠날지 그것에 대해서 아무것도 모른 체 살아간다. 이는 안타까운 일일 수밖에 없다.

나이가 들어 하늘의 뜻을 받아들이는 죽음이라면 어쩔 수 없는 일이지만 평균수명을 살기도 전에 세상을 떠나야 한다면 그것은 슬픈 일이다. 하지만 운명이란 그 누구도 예측불가능한 일이기에 아무런 준비 없이 세상과 하직하는 이들이 한둘이 아니다.

어느 시인이자 화가는 날마다 죽음 앞에 서 있는 기분으로 그렇게 열정적이며 혼신을 다해 하루하루를 살았다고 한다. 또 어떤 철학자는 날마다 유서를 쓰는 듯한 심정으로 살아간다면 헛되이 보내는 시간은 없을 것이라고 말했다.

유서를 쓰는 기분 그것은 흔히 자기성찰과 비유되곤 한다. 자신을 뒤돌아보면서 자신이 하지 못한 일, 가슴 아프고 아쉬운 일 등에 대해 생각해 보게 되고, 또 만일 세상을 떠난다면 한 점 그리움으로 기억될 만한 사람들을 떠올리게 한다. 자신의 잘못이나 지은 죄에 대해 반성하게 되고, 해야만 했던 일들을 하지 못한 것에 대해 안타까워하게 된다.

유서를 쓰는 일, 그것은 이를테면 마음을 깨끗하게 비우고 세상을 다시 보게 하는 일인 동시에 살아오는 동안 잊고 모르고 무시하고 그냥 지나쳐 살아온 것들에 대한 자신의 인생에 대한 뜻 깊은 반추다.

한 번쯤은 자신의 삶 앞에서 진지한 자세로 유서를 써 보자. 유서를 쓰는 일, 그것은 불안과 죽음을 재촉하는 일이 아니고, 신선한 충격을 느끼며 새로운 삶을 개척하는 이정표 같은 것이 될 것이다.

산다는 것은 호흡하는 것이 아니라
행동하는 것이다.
– 루소

합리적인 소비생활을
추구해라

"드디어 나에게도 지름신이 찾아왔다."

네티즌들이 만든 신조어인 '지름신'은 '일을 저지른다'는 말에서 파생된 말로 자신도 모르게 인터넷 쇼핑몰이나 TV홈쇼핑을 통해 충동적으로 물건을 사들이는 것을 말한다.

자료를 찾으려고 인터넷에 접속했다가 그만 쇼핑몰로 들어가 옷과 신발, 그리고 액세서리를 구매하게 됐다는 사람, 무료한 시간을 달래기 위해 TV를 켰다가 "기회는 이때입니다.", "상상할 수 없는 초특가입니다." 등등의 멘트에 이끌려 전화 주문을 하게 된다는 사람 등등 자신도 모르게 쇼핑으로 일을 저지르는 이들이 있다. 어쩌다 한두 번이 아니고 습관처럼 지른다면 이는 '쇼핑중독'이다.

생활 속의 소비, 절약, 저축은 습관에서 비롯된다. 본인 스스로 평소 습관을 어떻게 들이냐에 따라서 합리적인 소비와 절약은 이루어진다.

부자들의 특징들을 보면 그중 한 가지는 반드시 '절약한다.' 거나 '검소하게 생활한다.'는 것이다. '부자가 되려면 많이 버는 것도 중요하지만 적게 쓰고 아껴 쓰는 것이 더 중요하다.'는 것이 그것이다. 옛 어른들이 자주 하던 말이 있다.

"먹을 것 다 먹고 쓸 것 다 쓰고 나서 남는 것으로 돈 모으기는 힘들다."

돈이란 쓰다 보면 한도 끝도 없는 게 돈이다. 이를테면 작아지기보다는 갈수록 커져만 가는 욕망이다. 이왕이면 더 비싸고 더 좋은 것 먹고 싶고, 입고 싶어지고, 또 다른 것을 즐기고 싶어지는 게 돈 쓰기 좋아하는 사람들의 심리다.

한 푼 두 푼 모아 목돈을 만드는 돈 모으는 습관을 갖게 되면 그 다음부터는 모으는 즐거움에 빠지게 된다. 단돈 10원이라도 절약하고 모으기로 마음을 먹고 실천하는 게 중요하다. 아무리 좋은 생각이라도 습관으로 길들이지 못하면 무용지물인 셈이다.

불필요한 것을 사면,
필요한 것을 팔게 된다.
- B. 프랭클린

PART 4

말의
힘 _____

"나는 오늘 누구에겐가 상처주는 말을 하지 않았는가?"
"나는 오늘 누군가에게 희망을 꿈꾸도록 응원의 목소리를 보내주었을까?"
칼보다 더 무서운 게 말이다.
천 냥 빚을 한순간에 갚을 수 있는 것도 말이다.

말의 힘은 과연 어떻게 만들어지는 걸까?

상대의 눈을
바라보고 말해라

'눈은 마음의 창이다.'

모두가 다 잘 알고 있는 말이다.

눈은 감정을 있는 그대로 드러내기 마련이다. 상대에게 관심이 있으면 우리는 상대의 눈을 바라보게 된다. 반대로 상대에게 관심이 없거나 부정적인 감정을 가지고 있으면 우리는 눈을 피한다. 눈을 통해서 상대에 대한 기본적인 감정과 분위기를 미리 파악할 수 있는 것이다.

실제로 우리의 눈은 생각하는 내용에 따라 위치가 달라진다고 한다. 생각하는 내용에 따라 눈 위치를 바꿀 뿐 아니라 눈동자의 이동에도 일정한 패턴이 있다.

눈이 왼쪽 위를 향하면 과거의 체험이나 이전에 본 풍경을 떠올리

고 있는 것이며, 눈이 오른쪽 위를 향하면 지금까지 본 적이 없는 광경을 상상하고 있는 것이다. 눈이 왼쪽 아래를 향하면 음악이나 목소리 등 청각에 관한 이미지를 생각하는 것이며, 눈이 오른쪽 아래를 향하면 신체적인 이미지를 생각하는 것이다.

그렇다면 대화에서 이런 것들은 어떻게 적용될까?

상대의 눈을 바라보며 이야기를 하자. 상대에게 계속 자신의 말에 주목하게 하는 효과가 나타난다. 눈을 직시하기 때문에 당당하고 솔직하다는 이미지도 동시에 전달되기도 한다. 그러나 상대가 대화 중 눈을 피하거나 다른 곳을 바라본다면, 일단 상대가 자신의 말에 싫증을 느끼거나 관심이 떠났다는 것을 알 수 있다.

상대의 눈을 주의 깊게 보자.

대화에서는 말재주보다 신뢰가
더 많은 것을 준다.
- 라 로슈푸코

경청에도 방법이
있다

———————

우리는 귀로 모든 소리를 다 듣는다고 생각한다. 그러나 그것은 착각이다.

깊이 고민하고 있을 때나 오락에 집중했을 때, 관심있는 뉴스를 봤을 때, 누구나 한 번쯤은 옆에 있는 사람들이 하는 이야기를 놓친 경험이 있다. 음악을 틀어놓고 일하다 보면 긴 노래가 빨리 끝났다고 생각할 때도 있다. 그런가 하면 여러 소리가 들리는 가운데 멀리서 들리는 아주 작은 소리를 잡아낼 때도 있다.

들리는 것을 귀가 다 듣는 것은 아니다. 놀랄 만큼 귀는 소리를 걸러서 듣고 있다. 그러면 어떤 소리를 들을까? 바로 내가 듣고자 의도한 소리를 듣는다. 이 얘기를 반대로 뒤집으면 내가 의도한 바가 있으

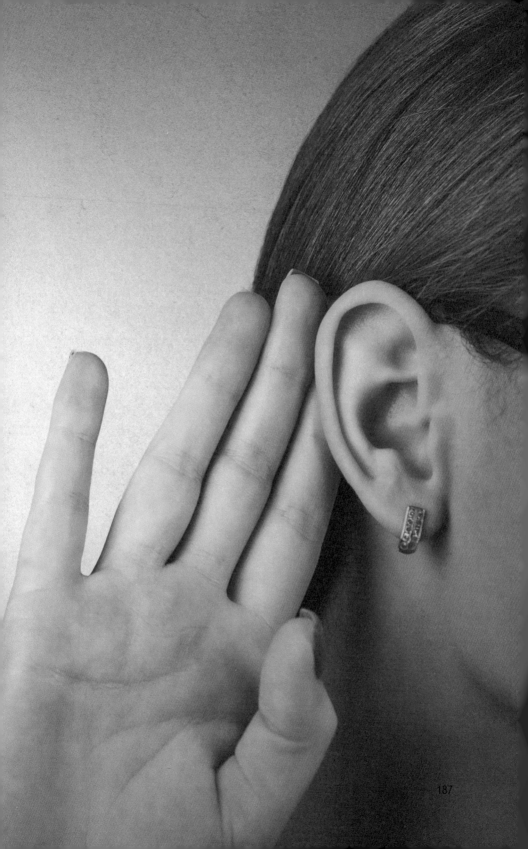

면 거기에 해당하는 소리만 듣고 나머지는 버린다는 것이기도 하다. 상대가 하는 이야기를 정확하게 듣기 원한다면 내가 무엇을 듣겠다는 의도를 버리는 것이 좋다. 어떤 말을 기대하고 상대의 말을 듣게 되면 자신도 모르는 사이에 상대의 말을 곡해할 수도 있기 때문이다. 이런 일이 벌어지게 되면 상대에게 좋은 대화상대로 받아들여지지 못할 뿐 아니라 원활한 대화가 이루어지지 않을 수도 있다.

상대의 말을 듣기 위해서 충분히 주의를 기울일 필요가 있다. 제대로 듣고 있지 않다고 생각되는 사람과 대화할 사람은 아무도 없다. 당연히 잘 들어주지 않는 사람의 이야기는 호감을 주기보다는 때로는 거부감을 준다.

대화를 위해 귀를 열어두고 상대의 말을 느껴야 한다.

내 귀가 나를 가르친 스승이다.
– 칭기즈칸

목소리로 상대방을
사로잡아라

말은 상대방에게 들려주는 것이다. 자신의 목소리와 분위기, 손짓
이나 표정 등의 움직임이 종합적으로 합해져 상대에게 말을 들려주는
셈이다. 가장 기본이 되는 것은 역시 목소리다. 목소리가 좋아 성우나
배우 못지않게 상대방에게 호감을 줄 수 있다면 제일 좋겠지만, 누구나
성우나 배우처럼 좋은 목소리를 타고날 수는 없는 법. 그렇다면 원래
타고난 목소리를 이용해서 상대를 사로잡을 수 있는 방법을 생각하라.

첫 단계는 신뢰를 줄 수 있는 목소리를 내는 것이다. 상대를 설득
하는 것이건 일상적인 대화이건 상대에게 좋은 인상을 주기 위해선
신뢰감 있는 목소리가 필요하다.

흔히 들을 수 있는 안내 전화나 권유 전화를 생각해 보자. 전화로

이루어지는 이런 대화는 상대의 얼굴을 볼 수 없기 때문에 목소리와 태도가 가장 중요하다. 특히 어떤 목적을 갖고 있기 때문에 전화기 너머의 상대를 설득하기 위한 화술의 테크닉이 없으면 성공하기 힘들다. 이런 전화를 받게 되면 상대의 목소리 이전에 그 사람의 발음이 먼저 귀에 들어올 것이다. 상대의 발음이 불명확하고 조그만 목소리로 말을 흐린다면 당장 의심부터 들게 될 것이다.

상대에게 신뢰를 주기 위해선 먼저 정확한 발음이 중요하다. 평소에도 정확한 발음으로 말을 하는 습관을 들이고 말을 중간에 흐리지 않는 정확한 문장을 구사할 필요가 있다. 그래야 상대가 내 말에 귀를 기울이고 내용을 들어주게 된다.

상대의 말에 적절하게
반응하라

　말, 그리고 상대방과의 대화는 목소리로만 이루어지는 것이 아니다. 대화는 쌍방향 커뮤니케이션이어야 한다. 상호작용이 필수다.

　대화가 이루어지기 위해서는 내가 원하는 의미를 소리나 몸짓으로 전달하는 것이 필요하다. 말을 할 때 누구나 어느 정도 상대방의 반응을 기대하기 마련이다. 당연한 말이지만, 사람들은 의외로 대화할 때 이것을 잊어버리는 경우가 있다.

　상대방의 이야기에 적절하게 대답하거나 반응을 보이는 것을 잊었던 경험은 없는가? 아무도 벽을 바라보고 혼자 이야기하길 바라는 사람은 없다. 대화의 맛은 서로 적절한 반응을 하면서 뭔가 일치감을 느낄 때 맛볼 수 있는 것이다. 이렇게 해야 내가 이야기하는 바에 대

해서 상대가 더 호의적인 태도를 보인다.

내가 하고자 하는 이야기보다 더 신경써야 하는 것이 바로 상대의 이야기에 대한 적절한 반응이다. 지나칠 정도로 상대의 말에 맞장구를 쳐가면서 호들갑을 떠는 일은 금물이다. 자칫하면 내가 이야기하고자 하는 핵심을 놓치고 상대의 논리에 이끌려갈 수도 있다.

질문으로 화제를 바꿔라

흥미롭지도 않고 도움이 되지도 않는 말을 늘어놓는 것은 누구도 원하지 않는다.

대화의 목적이 엉뚱하게 빗나가고 있는데 태연히 이야기를 계속하고, 또 그 마무리를 적절하게 유도할 줄 모르는 사람도 있다. 이를테면 '푼수' 소리를 듣는 사람의 한 유형이다. 그렇다고 상대를 무시할 수는 없는 일이다. 이런 상대와 대화를 나눌 때는 어떻게 하면 좋을까?

대화를 컨트롤할 수 있는 능력이 필요하다. 무리하게 이야기를 중단하기를 요구하거나 이야기의 잘못된 점을 지적한다면 대화가 매끄럽게 이어지지 않을 뿐 아니라 인간관계까지 무너질 수 있다.

방법은 하나다. 다른 화제로 대화의 초점을 돌리는 것이다. 대화도중에 새로운 화제를 제공하는 순간을 잘 포착해라. 상대가 이야기를 멈췄을 때 상대의 분위기를 봐서 정중하게 다른 화제를 내밀어 화제를 바꾸어 보자.

이때 상대의 의견을 구하는 말을 하면 상대는 자신의 이야기가 잘 받아들여졌다고 생각하고 새로 등장한 화제에 대해서 관심을 갖게 될 것이다. 단 화제를 바꾸더라도 화법의 재치가 필수다. 예를 들어 상대의 관심을 끌 수 있는 첫마디는 감탄사, 혹은 접속사를 쓰는 것이다.

"아! 그건 정말 환상적이었어!"

"그래서 이런 생각이 떠오르네."

감탄사나 접속사를 사용하면 일단 주의를 환기시키기 때문에 말의 첫머리를 상대에게 강하게 주입시킬 수가 있다.

말은 양날을 지닌
칼이다

'발 없는 말이 천리 간다.'
'이미 엎질러진 물은 다시 담을 수 없다.'
'말 한 마디에 천 냥 빚을 갚는다.'

이 속담들의 공통분모는 말을 할 때는 주의에 주의를 거듭하라는 얘기다.

우리의 일상생활에서 이러한 경우를 흔히 찾아볼 수 있다. 흔한 예로 해서는 안 될 말을 해서 상대방을 화나게 만들 때가 있다. 상대방의 화난 얼굴을 보고 나서야 비로소 자신이 한 말이 잘못된 것임을 깨닫는다.

말은 입 밖으로 나오는 순간 더 이상 수습할 수 없는 특징을 지녔

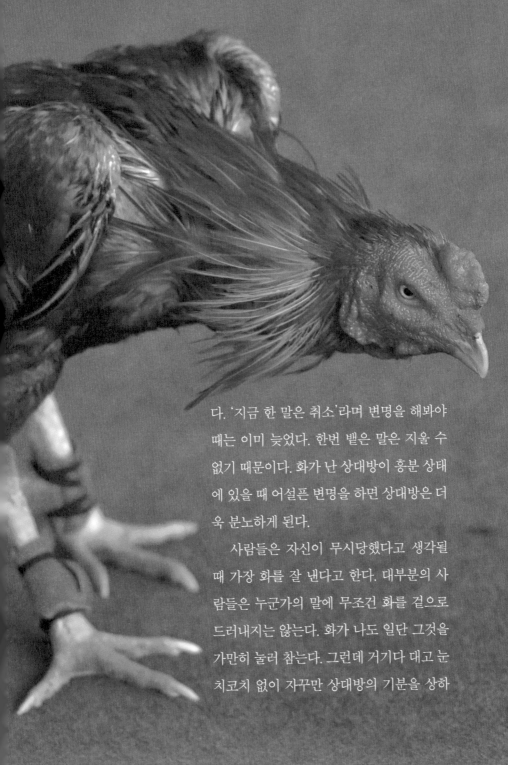

다. '지금 한 말은 취소'라며 변명을 해봐야 때는 이미 늦었다. 한번 뱉은 말은 지울 수 없기 때문이다. 화가 난 상대방이 흥분 상태에 있을 때 어설픈 변명을 하면 상대방은 더욱 분노하게 된다.

사람들은 자신이 무시당했다고 생각될 때 가장 화를 잘 낸다고 한다. 대부분의 사람들은 누군가의 말에 무조건 화를 겉으로 드러내지는 않는다. 화가 나도 일단 그것을 가만히 눌러 참는다. 그런데 거기다 대고 눈치코치 없이 자꾸만 상대방의 기분을 상하게 하는 말을 또 하게 되면 일은 돌이킬 수 없는 지경에까지 이르게 된다. 상대방은 꾹꾹 눌러 참고 있었기 때문에 일단 폭발하면 걷잡을 수가 없다. 결국에는 살인이라는 최악의 형태로 폭발하게 될지도 모르는 것이다.

말은 '양날을 지닌 칼'이다. 더욱이 요즘은 정보통신 기술의 발달로 화가 나서 던진 말 한마디 또는 아무생각 없이 한 말 한마디가 순식간

에 일파만파로 퍼져 나가면서 한 사람의 앞길을 좌우하는 일이 발생하기도 한다. 이미 우리는 정치인, 지식인, 연예인 등등 유명인일수록 말 한마디 잘못해서 엄청난 대가를 치르는 사람들을 보지 않았던가.

빈 말 잔치는
열지 마라

"그 사람 말을 누가 믿어?"
"그저 말뿐이야."
"또 거짓말이겠지."

실행으로 옮기기 어려운 마음에 없는 이야기는 하지도 말고 지키지 못할 약속은 더더욱 해서는 안 된다.

지금 당장은 상대가 아무리 듣기 좋은 말일지라도 쉽게 하고 그에 대해 책임을 지지 않는다면 당신의 말은 뜬구름에 지나지 않는다.

인간관계에서의 신뢰는 이미 끝나버린 일이다.

처세에 밝은 사람은 결코 허공에서만 맴돌다 사라지는 빈 말을 하지 않는다.

　자신이 책임질 수 있는 범위 내에서 말하며
자신이 한 말에 대해 책임을 다함으로써 신뢰
를 쌓는다.

물은 가장 깊은 곳에서
가장 잔잔하게 흐른다.
－J. 릴리

말이 많으면 실수를
불러온다

남의 비밀을 캐내려 하고 소문내기 좋아하는 사람이 있다.

그는 어느 자리를 가든 남 얘기를 재밋거리로 안주 삼아 말하곤 한다. 그에게 신뢰를 가질 수 없는 것은 당연한 일이며 그에게는 어떤 속 깊은 얘기도 털어놓을 수 없으며 회사에서든 사적인 모임에서든 중요한 책무를 맡길 수가 없다.

인간관계에 실패하는 사람들의 공통분모 중 하나는 말이 많아서 어딜 가든 불필요한 말까지 늘어놓는 실수를 자행한다는 것이다.

말 잔치를 벌이다 보면 자신이 의도하지 않은 상황에서 남의 비밀까지 누설하는 일이 발생하기도 한다. 뒷담화는 화근으로 이어지고 불편한 문제를 불러오기 마련이다.

'말을 아껴라'와 '경청해라'는 처세법에서 매우 중요한 항목이다.

불필요한 말은 자제하고 상대의 비밀을 지켜주는 사람들일수록 주변의 많은 이들로부터 신뢰받고 존중받는다.

결백은 두려울 것이 없다.
- J. B. 라신

칭찬을 습관화
해라

———

'칭찬은 고래도 춤추게 한다'는 말이 있다. 이와 관련된 책이 베스트셀러가 되고 유명 강사나 저자의 처세서에는 빼놓지 않고 등장하는 게 칭찬에 대한 언급이다.

아이들만이 아니다. 남녀노소를 불문하고 이 세상에서 칭찬을 싫어하는 사람은 한 사람도 없다. 세일즈맨들이 빼놓지 않고 건네는 말 중 하나도 칭찬이며, 가족과 주변의 사랑을 듬뿍 받고 성장한 사람들 또한 '칭찬'이라는 비타민을 많이 먹은 사람들이다.

인간은 누구나 남에게 칭찬을 받고 싶어 하는 심리를 갖고 있다. 하지만 과거 우리의 문화는 칭찬이 그만큼 좋은 것임에도 불구하고 칭찬에 야박했다. 가족이니까, 친구니까, 날마다 보는 동료니까 굳이 칭찬을 하지 않아도 상대는 내 마음을 알거라는 착각에 빠져 있었다.

칭찬도 습관이다.

우리가 가까운 이에게 칭찬을 했을 때 상대가 "왜 갑자기 안 하던 말을 해?"라는 말이 나올 정도라면 분명 칭찬을 자주 하지 않는 사람임에 틀림이 없다. 칭찬하는 문화에 익숙해진 사람들은 아주 사소한 일에도 칭찬을 아끼지 않는다.

"헤어스타일이 멋져."

"너는 웃는 모습이 너무 좋아."

"자네는 배려심이 정말 많은 사람이야."

"70점 맞은 거면 잘한 거야. 다음엔 더 높은 점수를 받을 거야."

하루에 다섯 번, 아니 그 이상으로 누구에게든 칭찬의 말을 하겠다는 마음을 먹고 실행으로 옮겨보라. 그것이 습관화되면 나 또한 누군가로부터 늘 칭찬받는 사람이 돼 있을 것이다.

칭찬은 우리에게 가장 좋은 식사이다.

– 스미스 홀런드 여사

흠잡는 말은 절대
하지 마라

완벽한 사람은 없다.

우리는 인간이기에 때로는 실수도 하고 단점도 드러낸다. 태어나서 죽는 날까지 매사에 완벽한 존재라면 사람이 아니고 신이다.

눈에 보이는 타인의 결점이나 어리석은 행동에 대해 한 마디 말을 하지 않고는 못 배기는 사람들이 있다. 그들은 기다렸다는 듯이 지적한다.

"그건 아니지. 그렇게 하면 안 되지."

"너는 늘 그게 문제야."

"옷이 그게 뭐니? 나이가 들었으면 좀 챙겨 입고 다녀라."

상대는 과연 이런 말을 듣고 감사해할까? 아니다. 설령 겉으로 표현하지 않을지라도 그의 마음속에는 이미 '너는 뭐가 그렇게 잘나서?',

'너는 완벽하니?'라는 반감이 들어앉을 것이다.

　아무리 친한 친구나 가까운 사람일지라도 지적질과 질타가 반복되면 '나중에 두고 보자'는 식의 복수심까지 생기기 마련이다. 상대가 먼저 자신의 단점이나 결점에 대해 조언을 구해온다면 그때 도움이 될 만한 말을 해주면 된다. 자신은 완벽한 사람인 양 남의 흠을 잡는 것은 결코 인간관계의 답이 아니다.

　누군가의 흠잡을 일이 생겼다고 치자. 이때 먼저 되새겨 보면 좋을 말이 있다. 그것은 바로 이것이다.

　'남의 흠보다는 자기 흠을 찾아라.'

목마를 때마다 물독으로 가지 마라.
– J. 허버트

남의 말에 함부로
토달지 마라

남의 말에 경청을 하는 것도 중요하지만 상대의 말을 듣고 내 의견을 제시하는 경우에는 매우 신중히 생각하고 말해야 한다. 큰 의미 없이 내놓은 의견이 자칫 역효과를 낼 때가 있으며 심한 경우 상대의 원망을 사게 된다.

타인의 말을 듣고 '저건 나와 다른데.', '아닌 것 같은데.'라는 생각이 들더라도 곧장 말하지 말고 신중하게 생각하라.

내가 과연 이런 말을 했을 때 상대방의 기분은 어떨까에 대해서 진지하게 고민해라. 사람들은 자기가 잘못한 것이라 생각하여도 남이 참견하면 기분이 언짢아지고 상황에 따라서는 정말 친절과 충고도 불편하게 여긴다.

　몇 마디 충고로 상대의 마음을 바로잡게 할 만한 카운슬러는 없다.
그만큼 사람들은 자신의 생각이나 말에 대해 쉽게 잘못을 인정하거나
굽히지 않는 습성을 지녔기 때문이다.

　그러니 상대의 말에 훈수를 두거나 토를 다는 일은 차라리 하지 않
는 것이 좋을 수도 있다. 단 당신의 의견을 수용하는 데 적극적이면서
어떤 대화도 터놓고 할 수 있는, 마음이 열려 있는 친구나 선후배라면
상대에게 도움이 될 수 있는 조언을 해줘도 좋을 것이다.

맑은 양심은 변명이 필요 없다.
– J. 릴리

거짓말은 또 다른
거짓말을 낳는다

———————

　말은 인간관계에서 가장 기본이 되는 신뢰의 상징이다.

　말을 잘하는 사람은 처음부터 사람들의 호감을 사며 그가 하는 말에 진실이 담겨 있으면 신뢰로 이어지는 다리가 된다. 그리고 그가 한 말에 대해 약속을 지키면 신뢰로 뭉쳐진 인간관계가 유지된다. 하지만 말을 잘하지만 신뢰를 얻지 못하는 사람들이 있다.

　바로 거짓말을 하는 사람들이다.

　한번 거짓말을 한 사람은 그 다음에도 거짓말을 이어가기 마련이다.

　자신이 한 말이 거짓이기에 그 거짓을 사실처럼 진실처럼 만들고자 또다시 거짓말을 하게 되는 식이다.

　자기 체면을 지나치게 중시하는 사람이 있다고 치자.

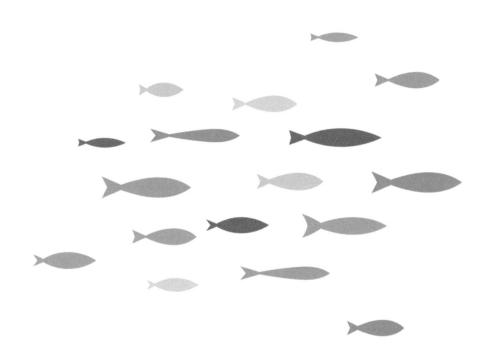

인생을 살며 사랑하며 배우며……

그는 명예퇴직을 하고 새로운 일자리를 알아보는 중인데 우연히 동창생과 전화통화를 했다. 그때 그는 거짓말을 했다.

"그럼, 우리 회사는 여전히 튼튼하지. 나도 앞으로 5년은 더 다녀야 퇴직하게 되니까 늘 바쁘고 즐겁지."

한 달 후 동창회에서 친구를 만나게 됐다.

"너희 회사 주식이 많이 상승세이던데?"

그는 또다시 거짓말을 할 수밖에 없다.

"그래. 앞으로 더 오를 거야. 난 우리 사주로 받은 주식이 좀 있지."

하지만 거짓말은 언젠가는 밝혀지기 마련이다. 또 다른 동창생들 중엔 그가 명예퇴직 했다는 것을 아는 친구가 있기 마련이고, 시간이 흐르면 결국 거짓말쟁이로 전락하게 된다. 이쯤 되면 다음 동창회에는 창피스러워서도 나가지도 못하게 될 것이다.

거짓말로 땅 끝까지라도 갈 수 있으나 다시 돌아오지는 못한다.
거짓말은 그 말한 사람의 눈빛을 비천하게 한다.
— A. P. 체호프

리더라면 화낼 줄도
알아야 한다

'참는 자에게 복 있다'는 말이 빈말은 아니다.

마음 상하고 기분이 나쁠 때마다 그 느낌 그대로 밖으로 화를 표출하고 산다면 가족이나 주변 사람들은 불편하고 힘들 것이다. 그러니 웬만해서는 화를 내기보다는 참고 이해하는 게 낫다. 더욱이 가족이라면 화를 내서 마음의 상처를 주기보다는 힘들더라도 인내심을 발휘하는 게 가정의 평화와 화목을 위해 필요한 마인드다.

조직의 리더는 다르다.

조직은 같은 목적을 가진 집단으로서 리더의 통솔력이 조직의 성패를 좌우한다.

공기업이든 사기업이든 조직의 경우 과거에는 상명하달식의 명령과 복종을 중시하는 수직적인 문화였다. 이제는 다르다. 상사와 부하의 소통은 수평적인 구조로 바뀌었고 상호간의 존중과 배려를 기반으로 하는 의사소통 문화가 일반적이다. 단 조직에서는 상황에 따라서 리더가 강력한 카리스마를 드러낼 필요도 있다.

목표를 정하고 그것을 달성하기 위해서는 강한 리더십이 필수이며 그 과정에서는 때를 가려서 노할 줄도 알아야 한다.

시도 때도 없이 노해서는 안 되겠지만 늘 모든 것을 이해하고 용서하고 너그럽게 넘어갈 때와 화를 낼 때를 구분하는 분별력을 지녀야 한다. 그것이 바로 통솔자가 지녀야 할 카리스마인 것이다.

리더십은 비전을 현실로
전환하는 능력이다.
– 워렌 베니스

목소리가 사람을
부른다

　외모를 꾸미는데 대해서는 여러 가지로 돈과 시간을 투자하지만 목소리에 돈을 들이거나 공부를 하는 사람은 적다. 목소리는 그 사람의 인정미를 나타내는 것이며, 어느 사이에 그 말소리가 사람을 끄는 힘을 발산하게 된다. 말의 내용도 중요하지만 더욱이 그 말에 색과 향기를 넣는 것이 소리다.

　"나의 목소리는 선천적으로 콧소리가 있었는데 아무리 해도 고쳐지지 않는가 봐."

하고 걱정할지도 모르지만 그 콧소리도 주의하면 가장 당신에게 알맞은 좋은 맛이 있는 목소리로 만들어 낼 수 있는 것이다.

　성우의 목소리만 매력이 있는 것은 결코 아니다.

그것은 오직 당신의 매력에 대한 스스로의
노력과 매력포인트 발굴에 달려 있다.

말도 아름다운 꽃처럼 그 색깔을 지니고 있다.
- E. 리스

농담은 농담으로
끝나야 한다

―――――――――

농담은 글자 그대로 말해도 좋고 안 해도 좋은 말이다.

하는 사람도 듣는 사람도 서로 가벼이 웃어버리고 말면 되는 말인
것이다. 농담 속에 뼈가 들어가는 경우가 있다. 농담을 빙자하여 상대
에 대한 비난이나 상대의 약점을 건드리는 화살을 내포시켜 말할 때다.

이런 경우 결코 농담이 될 수 없다. 상대의 가슴에 비수를 꽂는 말
이 되기도 하고 그로 인해 원한을 사거나 훗날 싸움으로 이어지는 불
씨를 남기게 된다.

"너 지난번에 나에게 짠돌이라고 말했지? 그래 나 돈을 지독히 아
낀다. 그래서 어쩔 건데. 나는 가진 게 많지 않아서 아끼고 사느라 짠
돌이가 됐지만 돈 많다고 자랑하는 너는 왜 그렇게 짜게 노는 거야?"

이쯤 되면 감정싸움으로 이어지고 친구 사이가 원수 사이처럼 불편한 관계가 될 수도 있다.

아무리 농담이라도 어떤 것은 살면서 두고두고 생각나는 것이 있다. 말한 사람은 농담으로 한 것이니 잊어버리겠지 하는 정도일지도 모른다. 하지만 이는 자신의 입장만 생각한 잘못된 대화법이자 실패한 처세법인 것이다.

농담은 농담으로 끝이 날 수 있도록 가볍고 유쾌한 소재이어야 한다. 결코 진담이 되어서는 안 된다.

농담은 어떤 일을 돕는 게 아니라
농담하는 사람을 돕는다.
― 페터 알텐베르크

말을 잘 들어주는
사람이 되라

말을 많이 하기보다는 상대의 말을 잘 들어주라고 했다.

바로 경청이다.

누구나 자기가 생각하고 있는 것을 말하고 싶어하며 남들이 들어 주었으면 한다. 말의 기술은 자기가 말하는 것이 아니고 어떻게 하면 상대의 말을 잘 들을 수 있는가 하는 데 있다.

듣는 사람이 잘 들으면 말하는 사람도 신이 나서 한다.

억울한 일을 당한 사람, 개인적인 일로 화가 난 사람, 즐거운 새로운 계획을 말하고 싶어서 안달이 난 사람 등등. 이들의 얘기에 귀 기울여라.

고개를 끄덕끄덕만 해줘도 상대는 신이 나고 기분이 좋아진다.

가만히 앉아서 상대의 말에 경청하는 것 그 자체만으로도 당신은

누군가에게 좋은 사람, 믿음이 가는 사람, 의지하
고 싶은 사람이 된다.

말은 한 사람의 입에서 나오지만,
천 사람의 귀로 들어간다.

– 베를린 시청의 문구

단언(斷言)하지
마라

―――――――

"내가 해봐서 알거든. 그건 불가능해. 포기하는 게 좋아."
"난 절대 그런 일은 안 해. 눈에 흙이 들어가기 전에는."

어떤 상황에서든 어떤 일이든 해결사처럼 말하거나 단정짓듯 말하는 습관은 버려야 한다.

고집이 세고 자기 성미를 못 이기는 사람일수록, 자만심이 하늘을 찌르는 듯한 사람일수록 단언하는 습관이 있다. 일부는 그냥 단언이 아니라 그야말로 '호언장담'을 하는 이들도 있다. 과연 그들이 한 말은 정답일까? 그들이 말한 대로 모든 게 그들의 생각처럼 될까?

"나는 죽어도 남의 돈은 안 쓰지."라고 말하는 사람이 며칠 후 지인에게 아쉬운 소리를 하고, "우리 아이는 S대 들어갈 충분한 실력이니 걱정 안 해."라던 부모가 합격자 발표 후엔 꼬리를 내리고 "재수 시켜야 될까 봐."라고 말하는 경우는 우리가 일상에서 흔히 접하는 사람들이다.

스스로 단정을 짓고는 그 뒷일을 수습할 수가 없게 되어 난처한 상황에 부딪히는 이들이 적지 않다.

말이란 무 자르듯 그렇게 단정해서 딱 잘라 하지 않는 것이 자신에게도 유리하고 타인이 듣기에도 거북스럽거나 그들로부터 반감을 사는 일이 발생하지 않는다.

신념이 강한 듯, 의지가 남다른 듯, 그리고 세상 모든 것을 다 알고 주무를 수 있는 듯 단정지어 말하지 마라. 자칫 역효과를 불러오기 십상이다.

말이 있기에 사람은 짐승보다 낫다. 그러나
바르게 말하지 않으면 짐승이 그대보다 나을 것이다.
　– 사아디 고레스틴

비난이나 욕은
멀리 해라

———————

남의 욕을 하고 다니는 사람 치고 제대로 된 사람이 없다고들 말한다. 맞는 말이다.

남을 비난하고 욕하기를 즐기듯이 하는 사람치고 인격적으로 존경받을 만한 사람은 찾아볼 수 없다. 이런 사람들일수록 되레 주변의 많은 이들로부터 '가까이 해서는 안 되는 사람, 멀리 해야 하는 사람'으로 낙인찍히기 십상이다.

'똥 묻은 개 겨 묻은 개 나무란다'는 속담이 있다.

남 흉을 보면서 비난을 일삼는 사람들을 보면 십중팔구는 이 속담과 일치하는 사람들이다. 자기는 더 큰 흉이 있으면서 도리어 남의 작은 흉을 보고 다니는 부류다.

223

'발 없는 말이 천리 간다'는 말도 있듯이 제3자에게 상대의 흉을 보고 악담을 늘어놓을 경우 결과는 불을 보듯 뻔하다. 언젠가는 상대의 귀에 들어가며 이로 인해 매우 불편한 상황과 맞닥뜨릴 것이다. 화를 스스로 불러오는 일임이 분명하다.

"네가 왜 나를 욕하고 다녀? 네가 그리 잘났어? 너나 잘해."

거꾸로 욕을 얻어먹는 일이 발생한다.

남의 얘기를 하고 싶어 안달이 났다면 차라리 칭찬과 덕담을 하는 게 좋지 않겠는가? 그리고 이 말을 되새겨 보라. 소크라테스의 명언을.

'Know yourself!'

비난은 사람이 유명하게 되었을 때,
대중에게 바치는 세금이다.
– J. 스위프트